岁月不饶人，

我亦未曾饶过岁月。

——木心

一念浅喜，
一念深爱

星期六散文
作品

北京联合出版公司
Beijing United Publishing Co.,Ltd.

生命短暂，时间只够用来去爱

"赚钱养家的时间都不够，人们还有闲工夫去看散文？"

去年春节后和一位朋友聚会时，我跟他说我的公众号"星期六散文"有 10 万订阅用户了，他很诧异地问了以上问题。我把所有的结果都归功于站在了风口，并没有很详细地解释为什么还有人会去看散文。

一年后的今天，订阅用户已突破 100 万。这位朋友坐不住了，问道：除了站对了风口，还有什么原因或者秘诀？

"因为人都有感性的一面，所以永远都有人需要看散文，包括你，只是可能你的那扇门还没打开。"

我曾是医生，面对着排队离去的病人，只能感慨生命无常；后来进入外企担任销售，浸淫于残酷的商场，体验着人性的复杂。渐渐地，我发现散文等文学作品能够为无常的生命带去抚慰，可给予复杂的人性正向引导。所以，自2013年起，我会将业余看到的相关文学作品，总结出主要内容和观点，敲在手机分享到朋友圈（那时候公众号还比较少）。在这个过程中，我发现一个现象：实用性文章（如《职场XXX》《妈妈们的XXX秘诀》等）通常点赞的会是与其相关的人群，而一篇纯文学作品，对其点赞和评论的人群之间却毫无规律，同一篇文章会引起不同行业、不同阶层、不同价值观的人群同样的兴趣，而且都有自己的独特评点。

原来文学具有如此大的魔力，而手机微信又提供了超级便捷的获取和阅读方式！于是，在2014年春节前的一个星期六，正在上海出差的我忙完公务后，蜗在酒店，注册了公众号"星期六散文"。"星期六"在这里并不单做名词使用，而是形容词，意为闲暇、自由、无束等，"星期六散文"即是让读者远离世俗喧嚣，发现生活中的诗意与温柔，回归自由、沉静和坚韧的地方。基于以上背景和定位，"星期六散文"的选文就倾向于以心灵抚慰、爱的表达、美的传播、正向人生等内容题材为主。

很幸运，这个公众号推出后得到了读者们的广泛认可而迅速壮大。目前，我们已有超过150位作者或平台供稿，合作的出版社有

11 家，2015 年总阅读量达 1.05 亿人次！在微信后台也常会收到读者留言，希望能有"星期六散文"精华本集结成书，方便温读与收藏。当做好自己该做的事情时，一切就显得顺理成章。去年底，北京紫图图书邀约"星期六散文"一起出书，我们双方一拍即合，于是邀请了"星期六散文"平台的优秀作者为新书提供高质量稿件，并面向所有读者发起了"忍住了想你，却忍不住找你 ｜ 一起出书"的征文活动，收到了近千篇文稿，经过编辑同事们的精心筛选，最终共有 20 篇稿件收录入书。

在本书出版过程中，得到了众多"星期六散文"合作作者及广大读者的大力支持，在此表示诚挚的谢意！同时，北京紫图图书编辑部的蕾蕾、泓宇为促成本书出版做了大量的沟通及文案等深入细致的工作，深表感谢！

马克·吐温曾说："生命如此短暂，我们没有时间去互相争吵、发泄、责备，时间只够用来去爱……"

那么就让我们通过散文去表达爱、感受爱、传播爱……

2016年4月23日

愿你今后的生活，
多些色彩

相同的事情，
有人见了黑暗，有人看到希望；
相同的城市，
有人执着过去，有人憧憬未来。

愿你今后的生活，多些色彩

你心情好，它便是天堂；你失了魂，它就是地狱。

1

工作之余，我的副业，就是写字。给公司小领导写份演讲稿、为某个咖啡店做些文案设计，远没其他出书的人功底深厚。我倒是自娱自乐，开心得很，成就感只多不少。

写文章之前，我总会提前收拾妥当，正襟危坐，调整状态，下决心要一气呵成，但今天却静不下来。思路不停游走着，乱想些

愿你今后的生活，多些色彩。

　　同样的老板、同样的菜单、同样的座位，我却
觉着氛围比之前轻松太多，心里舒坦得很。想必变
的不是这家店，是我自己。

不着边际的事，时间就加了速。一上午过去，不是我在过日子，倒像是日子溜过了我。

慢慢就觉着头疼，心想不能在家工作，要换个环境，便提起电脑，随意捉件衣服穿上，出了门。走路不用动脑，思维就又开始神游，脚下像被施了咒，直挺挺朝前迈，七拐八拐，却把自己领到了两年前租住的小区楼下。

抬头一瞧，正对着一家之前经常光顾的甜品店，没多想，便走了进去。老板一眼就认出了我，倒是让我觉得有些意外。寒暄几句，老板问我"甜点还是老样子"，我愣了下，点点头，挑了墙角的座位，打开电脑继续写字。

没一会儿，一杯热腾腾、一盘香喷喷，摆在我面前。我冲老板笑笑，想起自己以前确实每次来店里都要同样的甜点。舀了一勺，味道顺着喉咙落进心里，又忆起了些两年前的事情。

2

恍惚中，小店的门被撞开，一位年轻人冲进来，张牙舞爪的姿势直叫我想笑。他随手抄起两块面包，匆匆交了钱，一屁股坐在我对面，狼吞虎咽地吃着，想必是着急得紧，还要去赶其他的事情。

见他匆忙，我便按住好奇心，不去打搅他，专心写字。过了一会儿，手机铃声大作，他接起电话，还没开口，听筒里的怒吼便传出来，传遍了整个小屋。

电话那头的中心思想只有一个：你的方案被否决了，从零开始吧。这人立刻泄了气，之前憋着的冲劲儿顺着鼻孔喷出来，嘴抿得不见了缝，想必是正在气头上。半晌，他眼神黯淡下来，瘫在座位上，没了精神。

四下无人，只有我和他。他却像瞧不见我一样，自顾自又开始打起了电话，这回我听得出来，是给家里人打的。

他说自己好委屈，资料准备了那么久，熬了不知多少夜，结果项目说砍就砍，所有方案都要重新设计。他又说自己讨厌上班，讨厌这里的人，讨厌这座城市。他想回家。

不知对方说了些什么，他的神情稍微缓和了些。挂掉电话之后，他默默吃完剩下的食物，盯着桌面发呆。我看着心酸，想和他聊两句，不料刚开口，那人却像从未存在过一样，消失了。

你伤心，纵然阳光普照，却仍会浑身冰凉；
你喜悦，即便大雨倾盆，也依然笑靥如花。

我呆坐半天，慢慢回过神来，心里明镜一样——

那年轻人，不正是两年前的自己么？

3

两年前，我调了岗，换了项目组，面对陌生的同事，做着不顺手的事情，心情落到谷底。那段时期，生活的颜色，似乎只有灰色。不论我去哪里散心，都激不起心中半点波澜。

于是我便讨厌起自己所在的这座城市来，觉得每个人的笑容都很虚伪，每辆私家车里走出来的人都沾满了铜臭味。以至于同学说要来旅游，我都会和他说这城市很差，不要来。

而到了现在，我似乎摘掉了眼前的黑白镜片，看到了些色彩。家门前的学校里，孩子们的读书声，我不再觉得吵；保洁阿姨说着蹩脚的普通话，和我聊家常，我也能饶有兴致地乱扯一通。

最近有朋友问我，在杭州生活，是什么感觉。我告诉他，生活在哪里都一样，全看心境。你心情好，它便是天堂；你失了魂，它就是地狱。他笑我油嘴滑舌，却不知我说的句句是真心。

一花一世界，一叶一菩提。

此刻，我就坐在这家甜品店里。仔细打量一番，同样的老板、同样的菜单、同样的座位，我却觉着氛围比之前轻松太多，心里舒坦得很。想必变的不是这家店，是我自己。

　　一花一世界，一叶一菩提。相同的事情，有人见了黑暗，有人看到希望；相同的城市，有人执着过去，有人憧憬未来。
　　你伤心，纵然阳光普照，却仍会浑身冰凉；你喜悦，即便大雨倾盆，也依然笑靥如花。
　　愿你今后的生活，多些色彩。

能温柔的时候，请别尖锐

不要再以爱的名义，肆意伤害你亲近的人。
不要再用冰冷的道理，去刺痛朋友的感情。

1

我高中时有个死党叫 H。是那种买东西一起，上厕所一起，晚上恨不得钻同一个被子继续黏在一起，有说不完的小秘密的好朋友。

最后，为一件毫不相干的小事闹掰。

起因是，H 因看不惯另一女同学 S，打算去把那个女同学的男友抢过来。结果，男友是抢来了，然而过了段时间，这男生又跟 S 重新暧昧起来，还被 H 发现了出轨证据——传情的小纸条。

H 跟男生大吵了一架，伤心又生气。于是跟我抱怨：S 多坏多阴险，分手了还要勾搭她男友。

我跟 S 是同桌，平时关系还不错，加上 H 先抢 S 男友，于是一直觉得 H 有错在先。

当时也顾不得正怒气冲天的 H，脱口而出："当时你非要去抢人家男朋友，现在自己受伤了，不去怪那个男生，还要骂 S，S 好像也没惹你啊。"

H 当场就很不高兴，气愤地说："我把你当好朋友，你不是应该站在我的角度替我着想吗？怎么还替她说起话来了？"

我感觉很委屈，辩解道："正因为是你死党，才要把最真实的想法告诉你啊。而且 S 并没有多不好啊。"

H 突然就很难过的样子，说一句："好吧，随你吧，如果你觉得你是对的话。"

于是我们开始了一场冷战。这场冷战结束了我们的友情。

那次之后，我就在要不要道歉的矛盾中挣扎。一方面并不想失去好朋友；一方面要我委屈自己的原则去迎合她，又觉得不是自

伤心愤怒时，请别急着跟我说那些真话和人
生道理。那时，我只希望有人能够跟我说，没事
的，我站在你这边呢。

己的作风。遗憾的是，H没等我纠结完就转校了。加上又到了魔鬼般忙碌的高三，所以渐渐没有了消息。

2

一大学时女同学，同宿舍，跟我关系还不错，毕业后做了名高中老师。

170的高挑个子，白皙皮肤，时尚的打扮，毕业后看着同学们渐渐成婚，却苦于一直没男友，很是焦急。她本人表示自己没要求。家里也安排了几次相亲，她自己也挺积极参加各种活动，就是一直未遇到满意的。

后来终于谈了个据说各方面条件都不错的。

30岁，宝马两辆，连锁店五家，房产两套。就是个子不高，长相一般。

以上是她与宝马男确立恋爱关系的时候，发给我的原话。

后来到了谈婚论嫁的时候，因为宝马男在房产上执意不肯加女方的名字，所以本无深厚感情铺垫的爱情就破碎分手了。

同学很郁闷，愤怒地找我倾诉。"你说，我哪里配不上他了，他长得又矬又矮，不就有几个钱嘛，真是人渣。"

"嗯嗯，别生气了，气坏了身子不好，那个男人扔掉就算了。"我发过去想要安慰她一下。

"我把他家里的东西能摔的都摔了，能扔掉的都扔了。"隔着电脑，我都能感受到同学的怒火滔天。

不过，我觉得扔人家东西这种行为稍微有点不好，于是一本正经跟她说："发发脾气可以理解，乱扔人家东西显得你有点 low 了，为什么不优雅转身呢？"

"你叫我怎么优雅，我妹妹还说我做得不够呢。事情是不发生在你身上，你不觉得难受是吧？"

我知道惹她生气了，于是便尝试转移话题，结束了这次并不愉快的倾诉。

后来同学跟我的关系越来越淡，渐渐也就不联系了。

　　那些真话和道理，缓一缓再说，也没什么大
不了。也许，最后你都不必说，她已经懂了。

3

从小到大，我接受的教育是为人要正直，是非黑白要分清。尤其是做朋友，一定要说真话，不要口蜜腹剑。所以，一直以来，我觉得正因关系好，才能说些发自肺腑的真话。

大学时读王小波的《黄金时代》，读到"只要你是我的朋友，哪怕你十恶不赦，为天地所不容，我也要站到你身边"，震惊之余，也就当个笑话来看。一来，这句话也就是王二这个流氓为了骗陈清扬上床，说的一些戏言戏语；二来，我觉得，如果我朋友真是十恶不赦，还是要大义灭亲的比较好。

但好朋友的不理解，还有她们的渐行渐远，也曾一度让我很苦恼。为什么我讲了真话，有自己的立场，反而却越来越惹人讨厌，好朋友们也渐渐对我心寒？！这样矛盾的心理，让我纠结不已。

世事总是轮回，光影也会轮转。那些十几岁时想不明白的东西，也许有一天生活都会教会你。

最近上班状态不好，老迟到，然后被领导说了几句。我是个自尊心很强的人，难得被骂，觉得这是天大的事，一整天都不高兴。

跟一个好朋友诉苦，好朋友一开始还安慰两句，说"没事啦"，"下次注意就好"……

过了一会儿，我还在继续喋喋不休地抱怨。

她就说："你自己不对啊，你抱怨什么呢？要是我是老板，直接叫你滚了。"

我顿时特别生气。

我说："你是我朋友啊，在我不开心的时候，不应该站在我身边吗？"

她说："朋友才会跟你说真话啊。难道我说的错了吗？"

我："……"

时间仿佛回到高三那年，我对突然间变得很难过的 H 说，正因为是你的死党，才要把最真实的想法告诉你啊。

那一刻，我终于明白 H 当时的心情。那种亲近信任的人，在你心情低落时的批评，比领导骂你带来的不爽，比讨厌的人惹你生气，还要难过一千倍。

其实，受领导批评时，我心里很清楚自己有问题，只是情绪低落、伤心愤怒时，请别急着跟我说那些真话和人生道理。那时，我只希望有人能够跟我说，没事的，我站在你这边呢。我希望你能静静地陪着我，让我拥有重新出发的力量。

4

想想当初 H 和女同学跟我诉苦时，应该也是希望我跟她们一起骂骂臭男人，一起说说不喜欢的女同学，甚至什么都不用说，只要告诉她，我永远跟你一伙的就行。

然而，我在她们最难过时，没有给她们温暖的拥抱，而是给出了一记站在所谓道德层面的响亮耳光，在她们最伤心时，还往她们胸口再插一把尖刀。

有人说，连这点真话都听不得的朋友，不要也罢。

可是，她们陪你一起分享快乐，分享小秘密；她们跟你一起嬉笑，一起玩耍；她们信任你，爱护你，最后需要你温暖时，却要被硬逼着接收你冷血审视的眼光？从什么时候开始，我们对待陌生人彬彬有礼，却对亲密的人口无遮拦了呢？"因为是好朋友，我才要说真话。"这句话真的要作为你罔顾好朋友情绪和感情的借

从什么时候开始，我们对待陌生人彬彬有礼，
却对亲密的人口无遮拦了呢？

口吗？

　　大家都不是圣人，犯点小错没什么稀奇，既然成了朋友，那她的人格你也一定是认可的。为何要在对方情绪激烈的情况下，站在上帝的视角，说一些冷血的大道理，伤了好朋友的心呢？

　　那些真话和道理，缓一缓再说，也没什么大不了。也许，最后你都不必说，她已经懂了。

　　像《一个夏天一个秋天》中唱的那样，"你陪我躲过一次爱的风雪，我陪你度过一次梦的断裂。"

　　像蔡康永对小 S 说的那样，"不管你站在哪边，我都站在你这边。"

　　友情不是一杆秤，道德和义气各放一边，随时都要码上砝码保持平衡。有时，义气更能让人有血有肉有温度，而刻意维持的道德和三观，却显得生硬和冰冷。

　　不要再以爱的名义，肆意伤害你亲近的人。不要再用冰冷的道理，去刺痛朋友的感情。

　　能温柔的时候，请不要尖锐。在对方难过的时候，请给她一个大大的拥抱。

谁代你拥抱那个
孤独的少年

她只留给了他一个逐渐远去的背影，
并没有说再见，他就再无见她一眼的权利。
可是，最后，谁可以替她拥抱那孤独的少年？

● 韦娜

你曾用心等过一个人吗

你还会试着用最笨的方式，去爱一个人，去等待一个人吗？

"你有试过等待一个人吗？尤其到了羞于说爱的年纪，在没有任何希望的情况下，你会甘愿坐在你们一起出现过的那家咖啡店，从白日等到夜幕，从希望等到失望，却没有等来那个已经离开的人吗？"

那天，我去参加校友聚会，当一个校友问到这个问题，身边的人哄然大笑——

他们都说，我一般会在她离开我之前先离开她，据说这样她才会永远记住我；她们都说，我会立刻投入到下一个温暖的怀抱，绝不会在旧情的余温中挣扎。

我们都太现实了，不是吗？谁会像个傻瓜，去等待一个已经离开的人呢？此时，我倍感孤独，突然想到了一个低调而优秀的学弟。

我和学弟程诺是在交大的微信群里认识的，当时，一个学妹发了他一张照片，我看到他身后一排排英文原著，便好奇地问："毕业多年，你真的还在坚持阅读吗？"

他说："学姐，我从小就喜欢阅读，曾梦想做一个图书管理员呢。"

或许就是因为这句话，我立刻私加了他为好友。通过线下的多次交流，慢慢地，我们也熟悉了。随着对程诺的了解越多，我越发被他的努力和才华所吸引。

一次，我们聊起爱情，我问："你有没有女朋友呢？"

他顿时变得很沉默，一语不发。

我问："是不是每个人心里都住着一个得不到的人？"

许久，他才说，或许一些人遇见，并爱上彼此，只是为了离别

一些人遇见，并爱上彼此，只是为了离别和怀念。

和怀念。走了那么远的路，他终于明白，爱情中得到或得不到已不是最终的结局。

原来，他的本科并不是在我们交大所读，而是北大。之所以加入这个校友群，是因为他唯一深爱的女孩就是我的校友。

那年的学术交流会上，程诺和她一见倾心。在他的记忆中，她可爱、亲切、文艺，总在逗他开心，给他留言、写信，而那时他却很严肃，且有些自卑。

程诺从小是留守儿童，除了自己的奶奶，从未有人如此关心他的生活，女孩就这样蹦到了他的世界里，爱情，如此滋生在了他们心中。程诺很珍惜和她在一起的时光，无数次放假，他曾搭乘火车，走过一千多公里的路，只为去交大看她一眼，第二天便匆忙离去，却从不舍得让她一个人来北京看自己，不忍心让她一路颠簸。

大学毕业那年，程诺被保送北大硕博连读，女孩偷偷乘坐火车来北京看他，才发现程诺的生活远远比她想象中辛苦太多，他几乎日日夜夜泡在实验室，根本没有休息时间。她看到他的办公桌

　　幸福犹如春风，瞬间席卷了他荒芜的内心；
而后，未等那绿色盎然，程诺却沉默了。

上放着她的照片，一旁就是她送他的日记本，原来，每当他想起她，就会在日记本上给她写几句话。有时，他还会摘抄女孩发给他的短信……她热泪盈眶，一言不发。

待他带她来到镜湖，他们拥抱在一起，她勇敢地表白："程诺，我想嫁给你！你愿意和我结婚吗？"

那一刻，幸福犹如春风，瞬间席卷了他荒芜的内心；而后，未等那绿色盎然，程诺却沉默了。因为现实中，他什么都没有，他什么都无法给予她，虽然她一再强调，自己想要的只是他的爱，她可以把所有的一切都给予他——他不用担心生活，她的父母在上海做生意，她会说服父母，自己也会努力工作，支持他继续自己的梦想……

那个夜晚，他拉着她的手走在街头，霓虹灯下的北京恍若梦境，只有一扇扇窗户，透出深浅不一的灯光，折射在他孤独的眼睛里。他们一直走，一直走，直到天色渐亮，直到他心意透凉。

他心中想得最多的是并不赞同他们在一起的女孩父母，他刚刚病逝不久的奶奶，一直孤独生活的父亲，却从未想过去呵护已经受伤的她……结婚，对一个一无所有的男人来说，除了迷茫，还有无奈。

是的，那个晚上，他拒绝了她。因为他觉得自己还不足够好，什么都无法给予眼前的女孩，她却值得拥有更好的选择和人生。

女孩说，她会等，等他来找她，等他想明白。

望着她的背影一点点变小，他曾想过，假如她回头，他就立刻去拥抱她，再也不放她走。遗憾的是，她骄傲而悲伤地离去，再也没有转身，他没有勇气追上她，他甚至觉得自己没有资格去挽留一颗爱自己的心。然而，爱情并未在他心里散场，他发誓要成为更好的人，可以给予她更多美好的生活时，再去寻找她。

他如愿读完了北大硕博连读，顺利地来到了耶鲁大学攻读博士后，他的身边有很多人为他介绍女朋友，还有一些女孩会主动追求他，他都会断然拒绝，因为他心中总会想起她，并期待与她久别重逢。

他曾费尽心机地去寻找她，一路走来，他找到了女孩的校友群。那个夜晚，他激动得无法入眠，他把群里所有的人都看了一遍，却没有找到她的名字。还好，他遇见了她的同学。

那位热情的同学告诉他，女孩之后去了日本留学，如今，她已

我们会快速地爱一个人，也可以决然地离去，仿佛那只是一个梦，醒来就能忘记所有。

　　在没有任何希望的情况下，你会甘愿坐在你们一
起出现过的那家咖啡店，从白日等到夜幕，从希望等
到失望，却没有等来那个已经离开的人吗？

拥有新的生活……

你也感受过希望破灭的时刻吧？就像你在田野中追赶一个气球，终于握住了那根线，你想亲吻它，它却瞬间爆破了，好像从不存在一样，你的期待只是一场空……

他笑着一再拜托她的同学，请不要告诉她，他曾如此费尽心机地找过她。转身离开时，他如释重负，却也伤感不已，因为一切都不是他所幻想的重逢的场景。

当我们为了一个人，努力地去攀登，努力地变成了一个更好的人，当再次来到她身边，才恍然大悟，自己多么像刻舟求剑的傻瓜，绕了一个圈，最终回到的原点，不过是安慰自己的傻话。

我不得其解，既然她已拥有新的生活，他为何不重新去爱或接受一个人呢？

他说，其实，我是一个偏执的人，我心里还没有淡忘她，这对下一个来的人多么不公平啊！我想再等等，等我忘记她的时候，再开始下一段爱情，再去牵另一个女孩的手。

我问，你已变得足够好，可以给予一个女孩足够多的美好生活，而你的心却早已千疮百孔，你还能拥有幸福，并珍惜下一个人吗？

　　程诺笑了，当然会，假如我和一个女孩再相爱，我一定会紧紧抓住她的手，再也不让她离开。之前的所有经历，或许都是为了让我变得足够好，才会遇见她的桥段吧！兜兜转转中，上天自有它的安排，我们只能顺势而为，而且，我一直期待前方的风景，因为，我的心并没有千疮百孔，它还在鲜活地跳动。

　　他们说，在现实生活中，我们所求的爱情无不带着一种衡量，多半是物质，或许是家世，谁还可以不计代价地去等待一个人呢？

　　她们说，在我们生活的世界里，拥有一瞬间的爱情，一时的性，一切都变得快速而简单，人们不再迷恋长情的美，也不再以专一为傲。

　　原来，我们可以为爱疯狂，却无法为它变得冷静。我们会快速地爱一个人，也可以决然地离去，仿佛那只是一个梦，醒来就能忘记所有。

　　可是，我依然想知道，即使外面的世界复杂、功利，即使你不愿沉浸在破碎的梦中，你还会试着用最笨的方式，去爱一个人，去等待一个人吗？纵使你在爱的时候，不知如何表达，纵使你看着爱情离去，也不知如何挽留它。

　　我仿佛又看到多年前的那个少年，他满脸泪水地看着她离去，满怀遗憾地等了她一年又一年。他苦苦在海外求学，只为荣归故里，娶她回家。然而，她只留给了他一个逐渐远去的背影，并没有说再见，他就再无见她一眼的权利。

　　可是，最后，谁可以替她拥抱那孤独的少年？

● 醉伊笑红尘

你只是看起来很爱他

不是所有的鱼都会生活在同一片海里,
但渴望幸福的鱼儿终会相遇。

1

金庸经典《连城诀》里,看起来最惊艳登对的情侣莫过于水
笙和汪啸风;画染江南,人未至,清铃响,宝马随行,郎才女貌。
一时,两人眼中柔情蜜意,无限幸福,铃剑双侠江湖声名显赫。
只是结局,水笙每天依旧在藏边雪谷口翘首以待,只不过,她的
望眼欲穿的主角换成了别人,她等的那个人已不是汪啸风,她的

情话："我等了你这么久，我知道你最终会回来的！"也终于说给了别人听。

有人说，倘若汪啸风不夺宝中毒而死，水笙还是会爱他如一的。

那么，汪啸风误解她和狄云有私情之时，她为什么不甘心解释？跟爱人解释一句，真的很难开口吗？她又为什么没有陪汪啸风离开雪谷？陪爱人重返故乡，真的很难做到吗？

既然相爱，纵然天崩地裂、海枯石烂、共赴生死又何妨？为何因为一个误会错失了美好的爱情。

只是，对不起，她的心已经不安放在你身上，无论你再付出什么，你俩的心之间都有刻骨的缝隙。

于是所有的错过都是在为不爱找借口，或者说是，你只是看起来很爱他。

2

我有两个同学，也曾这般郎才女貌来着。学生时代，学校里最惹眼的不只是拥有年段排名靠前的好成绩，最好是还有一个全校

陪你一起度过青春的那个女孩，接下
来是要继续陪你度过漫漫余生吗？

瞩目，学生私下讲，老师不捅破的地下情侣的存在。

他俩加一起刚好齐备。男孩叫张扬，雄姿英发，暖男学霸；女孩叫林筱雨，小鸟依人，肤白貌美。每次看到他俩如影随形地走在校园里，都会有同学在他们走后发出一阵阵唏嘘，这大概是他们彼时在象牙塔里能够想象到的最美好的爱情了吧！

张扬是班里的数学课代表，就是那种能够将高中数学教材里出现的公式一口气背完的怪咖。正是因为有一次上课被数学老师逼着显现出这种极品技能后，白富美林筱雨无限崇拜地猛一回眸，就成了张扬的铁杆女粉丝，后来又频频出现在食堂刚好挨着张扬的餐桌上，嗯，确切地说是往张扬的餐盘里夹了几次菜，于是，名正言顺地晋升成了张扬的女朋友。俗语说："女追男，隔层纱。"大概就是这么简单。

关系既然确定了，那么可爱的嬛儿就摇身一变成了明懿皇太后了。于是，每天早餐负责买包子豆浆，中餐买珍珠奶茶，晚餐买时令水果的重任就全部肩负在张扬身上了。从此，班级的同学里，张扬起得比谁都早，走得也比谁都晚，他表情坚定地要照顾好这可人的小主。

林筱雨也确实表现得很好啊，总是在吃早餐的时候亲手喂张扬一嘴包子，两个人共饮一杯奶茶，共享一个苹果，有时候再配上美女好听的音色"小扬扬"，听得我们都直流口水，难怪张扬被迷得流连忘返。

　　高考放榜，张扬名列全校第三，成绩稳稳地挑选国内大多数一线名牌大学。林筱雨却没发挥好，成绩连二本线都不够。她家人不甘心，花重金让她复读。她也不甘心，她怕张扬比她先上大学，接触到其他女孩子，便会忘了自己。于是一个漆黑如墨的夜晚，林筱雨在张扬的脸上轻轻一吻，张扬便死心塌地地陪她一起复读了。他大概是觉得，这就是爱情吧，爱情里有陪伴，自然也应该有牺牲。

3

　　去年五月，张扬把我约到了一家装饰精致文艺的咖啡馆里，他说这是当年陪林筱雨复读时，晚间最常来的地方。他们在一起喝

　　不是所有美好的爱情都会盛开在同一个屋檐下，因为这世上，总有一段路，是需要你自己独自走完的。

咖啡，一起嬉闹，他帮林筱雨补习功课、答疑解惑都是在这里完成的。他说着用力吸了吸鼻子，痴笑道："满满的青春回忆啊！"

我开了下他的玩笑："陪你一起度过青春的那个女孩，接下来是要继续陪你度过漫漫余生吗？"

他却表情痛楚地苦笑起来："上周，我已经和筱雨说分手了，只是她没答应。"

我有些看懂了他说出这句话时，脸上的无奈和纠结。我掰了掰手指，继续问他："这么说来，你俩从开始恋爱在一起已经八年了吧！要是不爱，怎么会坚持这么久呢？是哪里出现问题了呢？"

张扬没有看我，只是双手捏着脑袋，喃喃自语道：

"是啊！究竟是哪里出了问题呢？我怎么能对筱雨说出分手呢？她明明很爱我的啊！她喜欢吃饭时给我夹菜，虽然不是我爱吃的菜，但是我从来不会告诉她不喜欢吃。她说相爱的人一定要在一起相互取暖，我也做到了啊，我为了她复读，害得父母不得不卖了家里唯一的耕牛。后来，我放弃了进入世界一百强企业的工作机会，陪她回到老家当了一家小公司职员。她说为了保证我们爱情的质量，还是暂时不要结婚生宝宝了吧，我说，既然我们都在一起这么久了，年纪也不小了，是不是该给父母一个交代了，可不可以先领个结婚证呢？她使劲吻了我一下，说你是爱我呢，还是爱你父母呢？还是爱一张废纸呢？你说，她明明很爱我的啊……"

我干了杯子里的卡布奇诺，望向五月的窗外，不再言语。马路上，小雨淅沥，柳意正浓，我的口里心里却是说不出的苦涩，我明白，以他的智商，心里明明已经很清楚答案了，只不过不想说出口罢了。这么多年，他一个人定是喝惯了不加糖的卡布奇诺，苦涩惯了，不过想找个人倾吐一下胸中的积郁。只可惜，我只能听懂他的故事，却不能实现他的爱情。

4

你要做一个不动声色的大人了。不准情绪化，不准偷偷想念，不准回头看。去过自己另外的生活。你要听话，不是所有的鱼都会生活在同一片海里。

村上的文字里总是流淌着一种孤独，而这种孤独往往包裹着真实的爱情与人生。

　　我把这段话微信发给了张扬，就当哲思也好，说说也罢。你都要做一个不动声色的大人了。去过自己内心里真正想要的生活，不必对谁心存愧疚，不必对谁想念，也无须对谁怨怪，逝去的经历和时光都将成为你生命的一部分。不是所有美好的爱情都会盛开在同一个屋檐下，因为这世上，总有一段路，是需要你自己独自走完的；即便漆黑无望，即便孤独难挨，都需要你勇敢坚强！你要相信，最美好的爱情总是发生在蓦然回首时，伊人却在灯火阑珊处望你、盼你、心心念念你，却不忍惊扰你。这是种从内而外的呵护，这是种最美好姿态的爱情，而不是让你一眼就觉得，她只是表面看起来很爱你。

　　如果可以，我也想对林筱雨说句话，如果你觉得对于一个女人而言，结婚证、孩子、另一半的前程都不重要，你们之间爱情存续的还剩什么东西呢？你明明什么都不想给他，却装作明明很爱他！抱歉，这不是爱情，这是伤害！年纪不小了，找个好人就嫁了吧！

所有的错过都是在为不爱找借口，或者说
是，你只是看起来很爱他。

5

今年 1 月 1 日，我亲眼见证了一场感人至深的婚礼，新郎在舞台前深情拥吻新娘后，大声对新娘说："我的余生从此就交给你了！"新娘用力抱着新郎哭得说不出话来。是呀，且以深情共余生，没有比这更美好的爱情了。

新郎是张扬，新娘却不是林筱雨，这大概是最美好的结局了吧，因为不是所有的鱼都会生活在同一片海里，但渴望幸福的鱼儿终会相遇。

● 风笺子

穷途末路，只是转角

上帝用他平静的仁慈，
让我们的热望以另一种方式生了效。

　　十五年前，小镇中心的人行天桥下面，有一家花店，那是小镇
唯一的花店。余珍珍在里面当帮工。那一年，她十六岁，是一个
念到高二，成绩差得一塌糊涂，再也不想上学的女孩。

　　每天她要做的事，就是把三轮车拉来的鲜花取进来，插在水培
花营养剂里。一天晚上，店里来了一个男人买花。余珍珍扎花时，
他目不转睛地看着她。

　　余珍珍已成年，对于这明目张胆的喜欢，若说不知，那是托词。

　　她手足无措地拿着那朵玫瑰，有点不太敢相
信，幸福会像电影里那样降临。

周末，男人又来了。他要一朵玫瑰。

"一朵，"他说，"卡片上就写，愿你每天经过这里，都有美丽心情。"

晚上下班时，余珍珍去推自行车，发现她的自行车总停的位置，也就是天桥柱子的第二块水泥板里，卡着一朵玫瑰，玫瑰的叶子上别着那张卡片。

她前后张望，没有看到他的影子。她手足无措地拿着那朵玫瑰，有点不太敢相信，幸福会像电影里那样降临。

第二天男人再次出现的时候，空气变得甜美而澄澈。男人想带她去吃饭，她还没有到下班时间，男人就坐在外面台阶的拐角等她。那半边玻璃门，像镜子一样映射着似锦如织的花店，又透着他薄薄的背影。

男人的黑色轿车停在不远的商场门口。余珍珍跟他走到那儿，有点犹豫，踟蹰着不敢上。男人摇下车窗对她笑："上车呀？"

她是一个，平时连出租车都不舍得叫的女孩。

吃完饭，余珍珍知道了男人叫宋明朗，三十二岁，离异，在做药材生意。他说，你这么漂亮，你自己却一点都不知道。

宋明朗开始每天都约她。有时是去吃饭，有时是去唱卡拉OK。在宋明朗面前，她那点社会阅历简直就是小儿科，宋明朗以他迅速而热烈的爱情攻势，令年轻的她溃败得一塌糊涂。

　　宋明朗带余珍珍和自己生意场上的朋友们吃饭，每当他介绍"这是我的女朋友"时，她立刻感到身价百倍。

　　两个月后的一天，宋明朗推说是他的生日，因为喜欢她，只想和她单独度过。她喝了很多酒，不知道怎么的，就被他抱进了车里，抱进了宾馆的床上。

　　爱让她战胜了羞怯。当从未有过的疼痛在身体里炸裂，她想，我已经不是处女了，我要一生一世对他好。

　　八月的一天，宋明朗带余珍珍去河边玩。她在放风筝的时候，宋明朗觉得无趣，就买了一张报纸看。当她拉着风筝兴高采烈地跑到他身边，他忽然对她浅薄的快乐有些不耐烦。他说，你应该去上学。

　　她听了这话，便去联系学校。教导主任不肯收她，她就去央求校长。最终她参加了学校的入学考试，用自己打工的钱交了学费。

　　她哭她的爱情，她以为那是她终生的信仰，
她不相信自己竟然会有那么蠢。爱曾给她带来多
少灿烂，就带来多少毁灭。

而这一切，她都没有告诉过他。她从来没有想到过让他为自己动用社会关系。

她的父母见到她在一夜之间变得懂事，惊喜不已。

宋明朗说支持她。但是他唯一做的事，就是在学校附近给她租了一间房子，说是在学校住对学习不利。有时候他回来和她做爱，之后给她一些零用钱。有时是五十，有时是一百。她不要，他就放在桌子上，叮嘱她一定要争气。他夜里回去，她也从来不问。她以为他的父母管他管得紧，像自己的父母一样。

第二年，余珍珍考取了市里的大学。宋明朗有些震惊，请了很多朋友来吃饭，余珍珍说，我要用我的一生来感谢明朗，如果不是他，就没有我的今天。我做梦也没有想到自己有一天会成为大学生。大家听了，都说着笑着起哄，可是慢慢地，都沉默下来。

宋明朗做生意，经常要到市里来。从镇上到市里，要一个小时的车程。他每次出发时打电话，余珍珍就提前在学校后门等他。家里经济条件差，她做着一份家教，加上宋明朗给的零用钱，足够生活。

她偶尔也会觉得自己的恋情和正常的恋情不太一样，可是，又

　　他们的美满，变成了世上最残忍的交换。
　　那个无辜的女孩像鞋里的一粒沙，走得越
远，磨得他们的良心越疼。

　　她终于放下执念，开始相信，世界虽然不像
她少年时想象得那么好，但也并不像她后来想象
得那么坏。

说不上来是哪里不一样。宋明朗对她不好吗？不是，只是他们之间除了身体，没办法有更多的交流。她一直在努力，希望与这个遥远的男人拥有比肩的深情。

一天，宋明朗打电话到宿舍来，说要来找她。余珍珍一番打扮，到校门口从六点等到九点，他却没有来。

余珍珍准备折返时，一个室友慌慌张张地跑过来告诉她，有个中年女人在她宿舍里坐着，说是她亲戚，但看上去来者不善。

"怎么不善？"余珍珍想不起来会有什么亲戚来看她。

"她说……你不听父母的话，在外面……勾引别人的老公。她还问我们你在学校有没有其他男朋友。"

余珍珍的心一下子沉到脚底。她三步并作两步奔回宿舍，第一次见到柯泽。

她有点胖，目光里是妒火和轻蔑。她眼角一挑："你就是余珍珍？"然后问："你知道我是谁吗？"

宿舍是十六人间，其余的十五个女孩都缩在角落里目光灼灼地看着她们，门外也围着不少人。余珍珍有一种很坏的直觉，她眼睛鼓得像一只青蛙，不让震惊流露出来。

"我是宋明朗的老婆，"她说，"你这个有娘生没娘教的贱货。"

柯泽走了，人马无声，避让开一条大道。

余珍珍实在没能忍住，她用尽全身力气哭，使得本来不太相信奇闻的所有人，都坐实了这奸情。

她哭她的爱情，她以为那是她终生的信仰，她不相信自己竟然会有那么蠢，在一起两年多，她丝毫没有发现他有老婆。还有，他所有的朋友怎么能够都陪着他演戏？他又怎么舍得让她到学校来羞辱她？

爱曾给她带来多少灿烂，就带来多少毁灭。

余珍珍在宿舍里待了两天粒米未进。第三天她摇摇晃晃地走出去时，走到哪里，窃窃私语都如影随形。

第四天夜里，余珍珍腹痛得快要死掉。同学把她送到医院，宫外孕，要摘除一边输卵管。

送到医院的时候，要输血，医生已经几乎连血管都找不到。昏迷中，余珍珍梦见满天星光慢慢覆灭。

第二天早上，医生感叹余珍珍是捡了一条命。

教导员来找余珍珍谈话，让她自己退学。几个关系很好的女孩给她捐钱补缴了手术费。

有个女孩气不过，逼着余珍珍交出宋明朗的电话。然后女孩跑出去打电话给他，他让朋友送来了五千块钱。

"那个王八蛋说你是个懂事的孩子，会理解他。"女孩哭着对她说。

坏事总是传得很快，余珍珍不知道是怎么传到她家那条小街上的，一个星期后余珍珍出院回家，父母不允许她进家门。她只得带了医院退的两百多元住院费，来到武汉的一家工厂打工。

房子租在江边，特别旧。关门时如果太用力，墙壁上隆起的石灰就会被震落。每天早上余珍珍都要转两次公交车去上班，所以要五点钟就起床，总能看到昨夜还未睡的邻居开着门在烟雾缭绕中打麻将。

那个冬天冷得刻骨铭心。

余珍珍变得更加自卑。腹部狰狞的疤痕让她惶恐。厂里的主管喜欢她，追得紧了，她仓皇地换了一份工作。她觉得自己是一个不配得到幸福的人。

　　日子不知道是怎么熬下来的，辗转、挣扎、抑郁、沉默。时光像在钝刀上行走。二十八岁那一年，余珍珍在服装厂做到主管，有人给她介绍对象，她去见了。男人叫钟展，在一家五金店打工。他长得不帅，个子也不高，但是他见到她的时候，特别局促。这对于一个内心有伤的女孩而言，比任何金钱和地位都管用。她心想，就是他了吧。

　　他们第一次在一起，她心里静得没有任何涟漪波动，连礼节性的颤抖都没有回应给他。

　　两人很快结婚，夫妻俩最大的梦想是开一间属于自己的小店。他们甚至想好了名字，就叫展晨五金水暖。因为余珍珍怀孕了，他们给未出生的孩子取名叫钟晨。

　　钟展对她很好，她撒谎腹部的刀疤是因为阑尾炎手术，他从未生疑。她很高兴他把她姣好的容貌和内敛的个性视为她的长板，这说明她也有自己的价值，这正是她开始全新生活的好时候。

　　婚后的生活，余珍珍开始进入角色。钟展做每一个决定都把她的感受放在第一位，大到在哪里租房子，小到一只花瓶的摆放。她

她一个人走过漫长而黑暗的甬道，现在，
爱和美好重新洞开了希望的光芒。

慢慢觉出生活踏踏实实的安定，终于不用再那么卑微地爱一个人，这可真好。

怀孕七个月，有一天余珍珍去卫生间时，忽然发现出血。到医院一检查，宫颈癌。

晴天霹雳。

医生的意见是先把孩子剖出来，马上治疗母亲。但是孩子肺没有发育好，要放到温箱里，打一种促进肺部发育的针，一针就是五千块。他们根本就没有钱治疗孩子的同时治疗母亲。

余珍珍用手机在网上查，为什么会得宫颈癌？她看到有一条评论说，可能与过早发生性行为以及过多人流有关。

她不知道这个说法对不对，但是十六岁的那个深夜，恍如昨日。

"保孩子。"余珍珍一瞬间做了决定。她想孽债总是需要偿还的，虽然她一直不知道自己到底做错了什么。

钟展不同意，说孩子可以生下来扔到医院里面，会有好心人收留。但是他要她活着。

两个人争执不下，最后她决定向这个冰冷而生硬的世界求助。

他们来到同济医院外面的天桥上，余珍珍把衣服撩开露着大肚子，他们把病例摊在面前，两个人低头蹲在那儿哭。这个天桥上还有其他人求助，都是医院出来的，城管不时会来驱逐，似乎对于生，也没有抱什么希望。

傍晚，一个女孩路过，给了余珍珍一百元钱。当余珍珍说谢谢的时候，女孩听出她们是老乡。女孩拍了几张照片，并将她的病例拍特写，发微博募资。

女孩的几个老乡同学，第一时间转发了这条微博。

大概两个小时后，一个转发它的少年接到父亲的电话。

此刻，宋明朗和柯泽送儿子到武汉来读大学，正坐在机场等待返程，刚刚刷新微博。

"你能去找找那个女人吗？"宋明朗的声音有些焦急。少年从来没有见过父亲这样。

宋明朗给儿子卡上转了五万元钱，让他和同学先安排余珍珍住院。他叮嘱儿子不要透露自己的情况。

"为什么？"少年问。

父亲说："人活着总要做点好事。"母亲在一边补充："小孩子

　　她还记得当时年纪小，她每天骑着自行车经过这个拐角，都祈祷自己快点长大，能和这个世界上最爱自己的男人拥有比肩的美好。

哪有那么多为什么？"

他并不知道十四年前发生了多么惊天动地的事情。

当年他的父亲想要做一项投资，母亲坚决反对，两人争吵到闹离婚。在分居的第四个月，父亲在小镇天桥下面的第二块水泥板里，插了那朵玫瑰花。

两年后父母和好，母亲很快发现了余珍珍的存在。她待宋明朗打完电话准备去幽会，叫上堂兄堂弟将他堵在家里，亲自开车来到余珍珍就读的大学。

她像每一个捉奸的妻子一样雄赳赳气昂昂地以为这就是最大的胜利，以为这就是最大快人心的结局。

直到后来他们得知女孩辍学、宫外孕手术，她家人与她断绝关系，她母亲去世时，她都只能远远地看一眼而入不得家门……宋明朗说，错的是我，为什么却要她承担？

可是柯泽即便得知真相也已经无法再去找她。去向一个小三道歉，与她根深蒂固的道德观实在相悖。而宋明朗更加无法弥补，他越是想赎罪，越是对柯泽更深的背叛。

那个时候，七岁的儿子每天听到父母吵架都会沉默地扯他的变形金刚，直到把它们摧毁成令人心惊肉跳的残肢。只有当父母心平气和时，他才会高兴，会主动拉起爸爸妈妈的手，把它们叠在一起。

夫妻俩用了很久很久来迈过这道槛。最后宋明朗对柯泽说，如果这样真的算是解了你的恨，那么就这样吧。

他们的美满，变成了世上最残忍的交换。那个无辜的女孩像鞋里的一粒沙，走得越远，磨得他们的良心越疼。

一周后，余珍珍剖腹产生下一个漂亮的女婴，她有粉红的脚丫和花瓣一样柔软的嘴唇。当余珍珍虚弱地唤一声"晨晨"，她竟然会停下哭泣，用迷茫的眼睛四处寻找。少年觉得好好玩。

余珍珍看着少年趴在婴儿床边逗弄她，总觉得他的样子有些熟悉，又不太敢相信。

她积极接受化疗，很快有了良好效果。一天清晨，余珍珍忍不住让钟展到少年的学校里打听他的情况。

钟展做了锦旗送去学校。校方马上将少年的住址和父母的名字都告诉了他，并让校宣传干事立刻带记者跑到医院来。

镜头对准余珍珍的脸，她还没反应过来，钟展就把抄着少年信

　　那个男人再次出现的时候，空气变得甜美而
澄澈。那半边玻璃门，像镜子一样映射着似锦如
织的花店，又透着他薄薄的背影。

息的纸条递过来，余珍珍一点点打开，如遭雷击。

"如果有机会，您会去感谢他们吗？"记者问。

纸条上留有宋明朗的手机号，记者怂恿她当场打电话给他。人多手杂，她的手机不知道什么时候被好事者拿过去，拨通了那个电话，并摁下免提。

"喂？"电话里传来宋明朗的声音。

灯光亮起，万众屏息。余珍珍用了很长很长的时间让自己平静，电流声沙沙地流淌着。十四年的恨在那一瞬间湮没在光阴里。余珍珍哽咽着说："宋先生，我是余珍珍。"然后在他还没有来得及说话的时候，她补充："这里在拍电视，谢谢你。"

宋明朗沉默了一会儿，然后说了三个字："多保重。"

那是他们在天崩地裂之后通过的唯一一次电话。

余珍珍逐渐康复。钟展说她比以前开朗很多。她笑："我也没想到，化疗可以使我像变了一个人。"她终于放下执念，开始相信，世界虽然不像她年少时想象得那么好，但也并不像她后来想象得那么坏。她一个人走过漫长而黑暗的甬道，现在，爱和美好重新洞开了希望的光芒。

他们再也没有敞开频道去刻意接收对方的信息。他们放下、平静、回归。

时间过得真快啊，一年后，痊愈了的余珍珍带着丈夫和女儿回老家。

他们经过那座天桥。周边的房子都改建了，破旧的砖瓦房竖起了金光闪闪的玻璃外墙。天桥还在，天桥下的花店已改名叫花行。余珍珍牵着蹒跚学步的女儿走进去，买了一只紫罗兰。她走到天桥下，让女儿把那支花插到第二块石板缝里。女儿伸着胖嘟嘟的小手，奶声奶气地说："花花。"

"是的，它代表宽恕。"

花行的玻璃门半开着，透着似锦如织的花店，又像镜子一样映射着他们幸福的一家人。然后她挽着钟展的胳膊，他抱着女儿，一起穿过熙来攘往的小街回家。她还记得当时年纪小，她每天骑着自行车经过这个拐角，都祈祷自己快点长大，能和这个世界上最爱自己的男人拥有比肩的美好。

上帝用他平静的仁慈，让我们的热望以另一种方式生了效。

最好的爱，
是灵魂的相依

和这样的人在一起，

一盏红烛，一杯烧酒，

可饮风霜，可温喉。

找个有趣的人白头偕老

这个世界上一切都会消失，脸蛋，胸脯，金钱，权势。
唯有对于生活不计回报的热爱不会朽坏。

前几年有读者问香港作家蔡澜，女孩子最珍贵的品质是什么。

蔡澜回答得很简单："娴淑，调皮。"

蔡先生对于女人的见解发表了很多，多到已经被人整理出了两本不大不小的册子。我理解他这句话的意思是可爱的女人不仅要待人柔和，而且要有幽默感，有生活趣味。大概是和这样的女人在一起，舒坦，不累。

清代人蒋坦写的《秋灯琐忆》里，他的妻子秋芙就是个有趣的

可爱的女人不仅要待人柔和，而且要有幽
默感，有生活趣味。

人。秋芙酷爱下棋，她棋艺不精，但是常常拉着蒋坦下棋直到天亮。有一次，她把下注用的钱都输掉了，蒋坦笑她赢不了。秋芙不服气，赌上自己佩戴的玉虎，结果这局眼看又要输，她便耍赖使唤怀里的小狗爬到棋盘上搅局，蒋坦拿她没办法，而这也成为蒋坦后来枯槁暮年的亮色回忆之一。

有趣的人一般都是心思单纯的人，心底有愉悦，对于得失没那么计较。有时候耍点小赖皮，其实很自律。有趣的女人不是只会笑不会哭，她们哭点很低，笑点也很低，因此很好哄，也很喜欢哄别人。

林语堂曾说，《浮生六记》里沈复的妻子芸娘是中国文学史上最可爱的女人。她的不俗之处在于，即便是夫家没有给她提供足够好的物质生活，她也能够把琐碎的生活过得快乐无比，一蔬一饭都能自得其乐。群居的时候不哀怨命运，孑然自处的时候随顺喜乐，无论被这个时代怎样对待，都可以找到平凡的乐趣。

沈复生于清乾隆时期，正值太平盛世。他虽出身于小康之家，但是因为没有功名，和芸娘结婚后同父母关系处得又不是很融洽，于是经济上过得是凄凄惨惨，经常要依靠亲友的接济生活。芸娘

　　群居的时候不哀怨命运，孑然自处的时候随顺喜乐，无论被这个时代怎样对待，都可以找到平凡的乐趣。

性格柔和，相貌秀丽，喜欢穿素净的衣服，擅长绣工，布鞋做得尤其好，家里缺钱缺酒或者要报答别人恩情的时候，她就拿自己的手工出去卖，或者作为报答回馈给别人。芸娘对于做饭有天分，给她几样寻常蔬菜，她一定可以做出不俗的口感。

有一次沈复插了一盆花，但是总觉得不够生动，芸娘看他苦恼，于是找来一只小蝴蝶和许多小昆虫，用细细的丝线缠绕在花木的茎干上，这神来一笔，见者无不称赞沈家的盆景有奇思妙想。

芸娘守规矩，但不假正经，侍奉公婆是本分，外面的世界她也很好奇。有一年她想去看庙会，可是碍于是女子，于是和夫君商量后，瞒着婆婆，把眉毛画粗，戴上帽子，微微露出鬓角，穿上夫君的衣服，扎紧腰带，脚踩时兴的男士蝴蝶履，拉起沈复一起去逛庙会。

有趣的女人是捕手，敏捷地捕捉着生活中的美。芸娘自然是一个有趣的姑娘，她的能力在于她可以把最琐碎乃至最落魄的生活过得生机盎然。尽管生活对她严厉，她依然勤快地捕捉着美好，这是中国古代士人讲的"趣"。这个趣是宠辱不惊；是不以物喜不以己悲；是虽在陋巷，人不堪其忧，亦不改其乐。

　　心中有诗意，因此微笑；心怀有智慧，因此常感恩；胸中有大欢喜，故而从不怨天尤人。

心中有诗意，因此微笑；心怀有智慧，因此常感恩；胸中有大欢喜，故而从不怨天尤人。

和这样的人在一起，不会害怕，每天醒来都像是新的，因为她们对于生活的热爱充沛了生命，就像是红酒注入了高脚杯。

像是三毛一样，住在撒哈拉也可以把生活过得很好玩。于是我想与这样的人为伴，就算是身处黄沙漫天的沙漠，也不会觉得闷。

就找个有趣的人白头偕老，然后把日子经营得红红火火。容貌总会改变，面颊不可避免要松弛，可是对于生活的趣味则如同一技傍身，学习不来，学会了就丢不掉。即便是生活不如意，粗茶淡饭不要紧，朋友散场没关系，兵荒马乱也无所谓，和这样的人在一起，一盏红烛，一杯烧酒，可饮风霜，可温喉。

这个世界上一切都会消失，脸蛋、胸脯、金钱、权势。唯有对于生活不计回报的热爱不会朽坏。

当人有趣时，世界也会帮他的。

王小波说："一辈子很长，就找个有趣的人在一起。"

微斯人，吾谁与归？

● 马德

最好的爱，是灵魂的相依

爱到最后，所有的情还要从单纯的耳鬓厮磨、
缠绵悱恻走出来，再聚拢到另一处，
变成生命里不绝的心疼和牵挂。

人是渴望爱与被爱的。无论是崇高的灵魂，还是丑陋的内心，无论是好人还是坏人，在心性深处，都是仰望与尊崇爱的。阳光打在脸上，温暖留在心里。

爱一个人是幸福的，被一个人爱也是幸福的。幸福的感受是，你一下子突然闯入另一个生命之中，毫无预兆，又猝不及防，陌生而惊奇，羞涩而惊悸，慌乱而惊喜。

只有在爱中，你才发现，无爱的灵魂，原来是那么孤独。也

有爱绵延的地方，才叫尘世吧。

只有在爱中，你才发现，孤独的灵魂，多么需要另一个灵魂来守护和陪伴。

一切纯净纯粹真挚的爱都是没有错的。纯净，是除了爱，没有任何其他目的；纯粹，是指爱的生发，不来自于怜悯与同情；真挚，是用情至深，用心炽烈，并两情相悦。

爱得轰轰烈烈，是说你倾尽生命，可以一千次一万次地爱同一个人，而不是无节制地爱一千个人，爱一万个人。这个世界，泛滥的，是欲望，不是爱。

为爱痴狂，说的是爱得专注与深刻，爱得执着而忘我，爱得义无反顾且九死一生。我相信，伟大的爱一定可以地老天荒，就像这个尘世可以地老天荒一样。尘世是什么呢？或许，有爱绵延的地方，才叫尘世吧。

你的牵挂在那里，你的喜欢在那里，你的心疼在那里，你的爱在那里，不多也不少，不增也不减。有时候，你把自己都忘了，

　　有时候，你把自己都忘了，你把这个世界都
忘了，但心底里，还会有一个人不屈不挠地在，
这个人，一定是你最爱最爱的人。

你把这个世界都忘了，但心底里，还会有一个人不屈不挠地在，这个人，一定是你最爱最爱的人。

这个世界，无论多么博大的心，在爱上，是自私的。越爱，就会越在乎越在意，就会越不容他人。当一颗开阔的心，已变成了针眼大小，那这颗心，一定是沉浸并缱绻在了爱中，并为之百转千回。

爱到最后，所有的情还要从单纯的耳鬓厮磨、缠绵悱恻走出来，再聚拢到另一处，变成生命里不绝的心疼和牵挂。懂得心疼所爱的人，爱，才从激荡的情感回到了沉静的生命之中。

最好的爱，走到最后，其实是灵魂的相依为命。

懂得心疼所爱的人，爱，才从激荡的情感回到了沉静的生命中。

● 苏小昨

亲爱的，下一个不见得会更好

分离多了，会习惯；恋人换多了，会厌倦；
到最后你会发现，下一个，不一定会更好。

曾经深爱的两个人为什么会分手？

我想大抵是这样，陷入热恋中人们往往会忽略甚至美化对方的缺点，然而激情退却后，理智回归，我们开始慢慢审视对方身上的缺点，再与当初想象中的美好相比较，不免惊叹相差甚远。于是很多人开始慢慢失望，会感到委屈，总觉得自己值得拥有更好的人，也坚定不移地认为，下一个，一定会更好！可是亲爱的，听我一言，下一个不见得会更好。

当年决定嫁给孩子她爸时，几乎全世界的人都是反对的。亲朋好友们苦口婆心劝说我："你值得拥有更好的人！""分了吧！下一个，一定会更好！"每每此时，我都一脸平静地问他们："什么是更好的？"大家几乎不约而同脱口而出："有车有房啊！"我笑了："我俩如此努力上进，房子和车是迟早的事情嘛！"大家还是不甘心，生怕我被所谓的爱情冲昏头脑，蒙蔽双眼，于是继续游说我："你看他身上多少缺点！他脾气暴躁，他对你不够温柔体贴，他成熟不足幼稚有余，他不顾家……"我又笑了："他的这些缺点我都知道，但那又怎样？我也不完美啊。"

是的，我又不是零缺点无瑕疵的完美小姐，怎能奢望会遇到一个完美先生呢。我从不认为，下一个会更好，因为不想错过以后，再用一辈子来悔恨和怀念，所以，我一直坚信，我所拥有的，就是最好的！

有这样一个故事：一次古希腊著名哲学导师苏格拉底的三个学生请教老师，怎样才能找到理想的伴侣。苏格拉底没有直接回答，却带学生们来到一片麦田。他让他们每人去麦田选摘一支最大的麦穗，并规定不能走回头路，且只能摘一支。弟子们在麦田里走啊走，大

　　我又不是零缺点无瑕疵的完美小姐，怎能奢望会遇到一个完美先生呢。

麦穗见了一个又一个，但他们总以为还有更大的在前面呢！虽然弟子们也试着摘了几穗，但并不满意，便随手扔掉了。他们总想着下一个麦穗还会更大更好！于是就这样和"最大的麦穗"失之交臂，归来时两手空空。

　　生活中，男男女女在寻找伴侣时，总渴望找到世界上最优秀的最完美的那个人，他们固执地认为，最好的还在后面，下一个一定会更好！可是，谁又知道站在你眼前的人儿是不是最合适的那个呢？很多人就因为挑剔和错过，才沦为了剩男剩女。当然，追求优秀完美的伴侣并没错，只是我们应该清楚地认识到：只有我们自己足够好，足够优秀，才值得拥有更好更优秀的人，况且这世界上本来就没有完美无缺的人。所以珍惜自己所拥有，这才是实实在在的。

　　对于眼前人，且行且珍惜，下一个不见得会更好。明明很简单的道理，我们到底被什么迷惑了心智呢？或许是因为，我们总是能准确无误地指出对方身上的缺点，却往往忽略自己身上的缺点。我们总是嫌弃自己的另一半不够称心如意。外貌出众的，会招蜂引蝶；长相一般的，拿不出手，还对不起自己的眼睛；事业心太

无论是爱情还是婚姻，都是越简单越幸福。

强能赚钱的，不够顾家；温柔体贴顾家的，能力又太差；饱读诗书，才华横溢的，男的风流，女的矫情；肚子里墨水不多的，又没有共同语言……

我们在要求对方足够优秀的同时，有没有想过，自己是否足够好呢？如果我们总是习惯性揪着对方的缺点不放，而不反省自己，怎么可能会遇到更好的人。

我相信无论是恋爱还是结婚，起初两个人都是朝着佳话去的，只是过着过着就成了怨偶。如果不能清醒地认识对方和自己，总觉得下一个会更好，那二人的感情自然会慢慢画上了句号，最终劳燕分飞。我想下一个不一定会更好，因为我们每个人总有犯贱的心理，总以为得不到的才是最好的，失去的自然更是最难以忘怀的，即使那个人曾经遭尽嫌弃，可一旦失去，便成了遗憾！于是，分开之后，遗忘之前，不仅新欢不够好，我们过得更不好。

想起一个最近刚刚离婚的朋友，离婚的理由是中国古往今来婚姻关系的最大矛盾——婆媳不和。朋友受够了夹板气，然后一怒之下离了婚。可事情没有那么简单，婆媳关系在中国乃是历史性难题，除非俩人真的水火不容，天天掐架，否则不会走到离婚这一步。果不其然，离婚后没多久，觊觎已久的小三就上位了。而新媳妇和婆婆的关系照样糟得一塌糊涂，甚至不如从前。当然，现在婆婆也叫苦不迭，和现在年轻貌美的狐狸精比起来，前儿媳简直就是观世音转世。

离婚后，朋友一直处于悔恨中，他埋怨母亲天天在耳边叨叨自己媳妇的不是，还常说什么就凭咱这条件，多少年轻貌美的姑娘都赶着嫁，为啥要受这委屈，离吧，离吧，再找一个更好的。在老妈的"循循善诱"下，朋友眼里都是媳妇的缺点，同时他也完全忽略了自身的毛病，潜意识中还以为自己就是完美先生，肯定值得拥有更好的伴侣。这便使得年轻貌美贪图富贵的小三有了可乘之机。

只是他似乎忘了，前妻身上那些令他难以忍受的缺点，曾经是深深吸引他，令他沉醉着迷的优点。婆媳关系不和这种事，一个巴掌拍不响，问题不可能都出在媳妇一个人身上。究其本因，还是作为一个男人却没能调和好这中间的种种纷争，他的生活被搅扰得鸡飞狗跳，一地鸡毛的生活使他迷了心智，没有看清楚问题的关键所在。

朋友原以为，下一个会更好，谁曾想，新欢却远不及原配，于是不可控制的，他开始怀念起前妻的种种好。新嫁过来的姑娘过得也不好，而且她不好，也不想老公和婆婆过得好，拉来父母为自己助战，将本该简简单单的家庭内部矛盾激化成敌我外部矛盾。

看吧，真实的生活远比电视剧狗血，但再狗血的剧情，都会有终结的一天，每个人的精力都很有限，他们终将会对消耗精力的感情游戏感到疲倦。其实有些故事，一开始就能看到结局。譬如，那个朋友，居然幻想换个老婆就能缓和婆媳关系。插足的小三何等人也？明知道，拆散别人家庭，会让自己的父母蒙羞，还照样为达目的不择手段。连自己的父母都不心疼的人，你还奢望她会真心对待自己的父母，简直是痴人说梦话。

离婚远比恋爱时的分手沧桑，甚至有时还会带着烙印般支离破碎的伤痛，特别是在有了孩子之后。离开本身就是一件让人难过的事，恋爱时，受了伤，我们可以擦干眼泪，努力挤出一丝微笑，对自己说，没关系，下一个会更好。再花上几年的时光为自己疗情伤，把对方尘封在记忆里，时不时拿出来缅怀刺激下现任。然而结婚，有了孩子以后的离开，却往往会伤及无辜，不仅是两家的父母，更伤了自己的孩子。所以，我们不能再像年轻时候那么

我一直坚信，我所拥有的，就是最好的！

任性，那么不负责，那么潇洒地说："下一个，一定会更好。"

　　无论是爱情还是婚姻，都是越简单越幸福。如果你经历的太多了，就会麻木；分离多了，会习惯；恋人换多了，会厌倦；到最后你会发现，下一个，不一定会更好。不要总是认为后面还有更好的，其实现在拥有的就是最好的。珍惜眼前人，且行且珍惜。

　　如果你还是固执地认为下一个会更好，
　　就请照一照镜子，
　　查查银行卡的余额，
　　想想那些遗失的美好，
　　看看身边那些不幸的人，
　　最后，
　　问问身边那些幸福的人们。

● 小岩井

爱不爱是其次，相处不累最重要

世上太多的分离，不是因为不爱了，而是因为累了。

　　某晚回家吃饭，父亲抽着烟喝着酒和我闲聊，老妈煮完高压锅冒着热气哼鸣，朝老爸看了一眼，老爸自然而然地熄灭烟，拿出手套戴上，将高压锅搬过来倒出其中的花生，又放回去，老妈拿起去洗，老爸坐回来，点燃剩下的烟继续和我闲聊。中途两人不发一言，一气呵成。

　　突然间我感觉家里散发出一种特别舒服的氛围，令我全身说不出柔和。

　　我们彼此专注着自己眼前的事，偶尔抬起头
对上对方的眼神，悄然一笑，静谧安好。

我笑道：什么时候开始你们老两口这么有默契了？

老爸笑笑：年纪大了，才知道做夫妻真正需要的是不累。两个人要在一起长时间生活，爱不爱的都是其次，相处不累才是最重要的。毕竟生活都是柴米油盐，简简单单去完成才是最重要的。

我若有所思，戏谑道：哟，老爸你悟道了哈。

老爸喝了口酒：可惜明白得太晚，跟你妈吵了大半辈子架了，想想以前真的不应该。

之前看到仍在日本的某位好友的微博：今晚最后一班电车，上来一对年轻情侣，长得普普通通，手拉着手，两人走到只有一个人能坐的空座前，没说话，开始默契地石头剪子布，女孩输了，男孩露出得意的笑容，把女孩按在座位上。女孩甜蜜地看着男孩笑着，接过男孩的包，男孩一手拉环一手牵过女生的手。全程无声，却暖在心头。

我反复看了好几遍，在脑海中产生电影般的镜头好画面，满满的柔和与温暖。

这世上有些人谈恋爱的方式让人觉得恋爱真是美好治愈啊。

而相反还有很多情侣每次看到脑海中都是：fuck，这对狗男女又来了……我想到身边好多分分合合，爱得死去火来的痴男怨女们。总是把爱情放在嘴上，不管时间地点总是腻得渗人。不但希望对方用语言，用行动，用礼物来证明，更是认为自己是如此投入在一份感情，如此深情。好像分分秒秒离不开爱。

　　在一起的时候你依我依，而分开后独处那一刻却又突然如释重负。

　　世上太多的分离，不是因为不爱了，而是因为累了。

　　有一次和一位学长一起回国，他的女朋友是个多愁善感的人，在机场两人仿佛诀别一般依依不舍一步一个拥抱，我在旁边看着都腻乎。但也深深感到两人感情之浓烈。

　　谁料坐到机舱发完最后一条短信，飞机随即起飞。那一刻，学长长长地舒了一口气，叹道：怎么感觉这么累……

　　我不知道他是真的累还是感情中太过用力，凡事过则损，甜言蜜语也好，吵架斗嘴也罢，一旦显得刻意了，就会累。那些莫名的吃醋嫉妒，惴惴不安，偶然的看不顺眼心有不甘，都是损伤神经的玩意儿，多了，就会神经衰弱。

只要我知道你在，一切就都很好。

我有时候觉得人活得累，不是身体上累，而是精神上累。我看着别人，同他们讲话，还和他们做着许多在别人看来很有趣的事情，可是不知怎的，一切都使我觉得不对劲，就像一只精神蚊子在不动声色地吸取着你的元气……

　　我最向往的一种相处模式，莫过两人处在一个空间，我知道你在，你知道我在，我们彼此专注着自己眼前的事，偶尔抬起头对上对方的眼神，悄然一笑，静谧安好。

Time is fast, you make it slow.

Time is hard, you make it soft.

　　不让你累的感情，就是两个人在一起的时候，有一种自然而然的舒适氛围，能够消解心里的那些戾气，恢复成最放松而且淡然的自己。没有强烈的惴惴不安，也没有莫名的看不顺眼，没有所有那些消耗神经的累的东西。

　　只要我知道你在，一切就都很好。

只有不累的感情，才能经得起生活的考验，走得更长远。

一念浅喜，
一念深爱

岁月已晚，
人心安恬，
你会静享这小小清福吗？

● 醉墨倾城

繁华落尽，你依然是我最美的守候

守候一个微笑，暖我半世冰心；
守候一个回眸，消我一世孤寂……

时光的轮轴在悄然无声中走向一个叫作天涯海角的地方，而我，却依然停留于最初的原点，回望着那似是而非的曾经。奈何，双眸却终承受不起回忆的重量，一泓清浅，打湿了沉寂的心潭。

天空忽而下起了淅淅沥沥的小雨，那条不知名的石板路上，曾经，留下过我们并肩走过的足迹；只是后来，也留下了你渐行渐远的背影。有人说，雨是前世的泪，我索性微微仰面，让前世那

那条不知名的石板路上，曾经，留下过我们
并肩走过的足迹。

　　命运总是喜欢开一些小小的玩笑，那些本该
永恒于命途的风景却总是如云烟般易逝，只留下
无尽的追思，留下回忆泛滥。

些剪不断理还乱的爱恨离愁重新回到我的眼中。刹那间，仿佛看见了所有的过往，于是，迷失了来世今生。

命运总是喜欢开一些小小的玩笑，那些本该永恒于命途的风景却总是如云烟般易逝，只留下无尽的追思，留下回忆泛滥。那些本该尘封的往事又被轻轻掀开，原来一切依然有着不变的颜色，宛如昨日般清晰。只是有些人早已远去，有些梦早已破碎，那些放不下的、放得下的终还是要离开，只是我始终没有学会一个词叫释怀。

或许，等待是我今生无法改变的宿命。等待一场花开，让我看见幸福的颜色；等待一场花落，让我看清人世浮华；等待一个回眸，让我不再悲伤；等待一个肩膀，让我不再彷徨。

于是，依旧喜欢一个人漫步于街道，在茫茫人海中看着那些不属于我的悲欢离合，只是那些似曾相识的背影依然会让我早已平静如水的心又有一丝悸动，而那终只是一个梦魇，一个有关记忆中的你。于是，依旧习惯一个人看日出日落，那些属于我们的曾经此刻只是我一个人怀想，然后任由思绪飘飞，任由灵魂放逐，沉沦于一个无人的黑夜。

在岁月的轮回里，我不肯独自老去，不是因为害怕消了颜色，散了芬芳，只是因为还未能与你片刻相依。

轻拭思念的眼，望不穿往事如烟，曾经天真地以为一句许诺便是一生，一种守候就是一世。只是后来，我却迷失在了一条名叫回忆的街道，苦苦找不到出口。

牵绊难了，爱恨难圆，相思红尘，过眼无痕。

如果秋水可以望穿，我也许可以将红尘看透。如果回忆不再蔓延，我也许不会有那么多的思念。

从别后，
忆相逢。
几回魂梦与君同。
今宵剩把银钉照，
犹恐相逢是梦中。

花开花落几度春秋，人来人往徒留悲愁。

在岁月的轮回里，我依然在孤独地守候，守候一个微笑，暖我半世冰心；守候一个回眸，消我一世孤寂……

繁华落尽，你依旧是我不变的守候。

等待一场花开，让我看见幸福的颜色；
等待一场花落，让我看清人世浮华。

● 华殇

未得逞的爱情最完美

有些人惊鸿一瞥就能在生命中定格成永恒的姿态，
太多次描摹反而失了那份洒脱。

她又一次在地铁里看见他，穿着黑色的大衣，白色的耳机线从领口探出来，一副冷淡寡言的样子，但是脸上遮不住的稚气未脱，大概是个非常内向的大孩子。

她用余光偷偷打量他，站在另外一节车厢口。他经常在早上九点半乘地铁，晚上十点回家，经常站在倒数第二节车厢，闭着眼睛听音乐。

没有固定的喜欢，意味着不需要投入大量的时间
和精力。任什么花束妖艳，只需要淡淡看着就好。

看着那个人，保持不远不近的距离，就很好。

她讶异，什么时候她居然知道他那么多习惯了。但是他们从来没有过一次交集，没有说过一句话。她站在这头，他在那头。完美的距离，不远不近。偶尔眼神碰撞在一起，她大方地笑了笑，转过头遮掩不住的绯红爬上脸颊。

　　她有时偷偷想，嗯，这一次我一定要去和他讲一句话。这一次……但她从来胆小不敢靠近。她在心里反复推敲，要用怎样的口气搭讪。"嘿，你好，又看见你了。""早上好，我们昨天见过面。""喂，你叫什么名字？"好像没有一句话能配合使用在他们相遇的场景，设计的台词总是太突兀怪异。她沮丧地摇摇头，站在那里。

　　某一天，她出门晚了，差点赶不上那趟地铁，她迈着小短腿在车厢门关上前一秒冲进去，撞到他的怀里。她红着脸小声道歉，但是他戴着耳机好像没有听到。这是第一次他们靠得那么近，可以听到他耳机里漏出的音乐声。嚣张吵闹的爵士乐，想不到他外表冷静自制，内心却不那么平静。

　　她手上抱着一堆复习材料，雪花般堆叠在一起的纸张中还夹着一支铅笔，笔尖磨损得圆润，要不路过他的时候假装掉了笔？她摸摸下巴犹豫不决。

　　春天到冬天，季节交替，他们始终保持不远不近的距离。她结束了大学修业，要去另外一个地方读研。最后一次坐这趟地铁，她没赶上。站在站台前，没有像上回那样义无反顾地冲进车厢里。

　　她笑着看他，四目相对。很多话想说，很多话却都不必说。这次她没有移开眼睛，静静地看着他，放任车辆带着他的身影消失在视野。

　　这是一个没有开头没有结束的故事，在我看来这个故事十分完美，有些人惊鸿一瞥就能在生命中定格成永恒的姿态，太多次描摹反而失了那份洒脱。

　　有人会说，没有开始的爱情有什么意义？没有开始，这就是它意义所在。没有恋爱过的人总是喜欢追问别人，喜欢是什么感觉？爱是什么感觉？牵手是什么感觉？而谈过恋爱之后才知道，那只不过是一种比较特殊的喜悦，经历过以后再也不能保持一个人心无波澜的单身生活了。

如果在十八岁之后还是单身，那就一直保持到二十岁吧。

没有开始，所以能得到更多侥幸。当你还是一个人的时候，心就像一座孤岛，岛上荒芜。但是，荒芜也是一种美丽的景色，只是杂草丛生，各种野花盛开，这并不意味着空洞，你可以指着任何不知名的植物说喜欢。没有固定的喜欢，意味着不需要投入大量的时间和精力。任什么花束妖艳，只需要淡淡看着就好。

一个人做任何事情，一个人疼痛也不需要分享，寂寞咽进肚闷不吭声。可以半夜爬起来写小说，幻想也许哪天会遇见那个人在不同的情景和不同的对白。可以很愉快地在午后的厨房煮很多好吃的，封闭在自己的世界里，自娱自乐也分外精彩。

然而一旦开始明确的恋情之后，所有的可能性都会被掐断了。那个人明明确确地占领你的生活还有时间，扫除你心上所有的荒草，唯独留一块净地盛开心花。在你心上留下一颗种子，你需要小心翼翼地照顾，时时浇注心血。那时候你的眼睛里再也看不到其他的风景，只能注视着这种子破土出芽，你再也不能心无旁骛地做任何事情，疼痛和委屈都得到慰藉，从而忘记了坚强和自立。可能对于有些人来说，这也没什么不好的。感情有个寄托也是一种幸运，只是我怕，希望落空之后，被拔除野草的荒地更加狼狈。

有一句话说得好："得到的开始就意味着失去。"最可怕的不是单身，而是有个人陪伴却又不陪你走到未来的单身。如果在十八岁之后还是单身，那就一直保持到二十岁吧。

　　未得逞的爱情才是最美好的，看着那个人不要太近，不要太远，顺其自然就好了。

● 春暖花开

一颗初心，慢煮岁月

岁月两个字，有些缠绵，有些静好，盛放着我所有的悲喜。

每一天，我都欢喜着遇见，遇见更好的自己，遇见更好的你。我的心是一座城，藏有落叶，一簇花丛，还有那些来自岁月的点滴。萍水相逢的一笑，指路时的温暖，都是自然里开的花，是根植在心底的葱茏。

用一颗如莲的心，画下最初的感动，遇见的刹那，我看到了岁月的慈悲。通幽的小径中，不是所有的微笑都能换来尊重和拥抱，那些属于我的，不论是快乐或是悲伤的记忆，我都珍藏着，不愿

　　萍水相逢的一笑，指路时的温暖，都是自然里开的花，是根植在心底的葱茏。

遗忘。时光是美好的花朵，如能将喜悦和安生常驻心底，即便心头花落尽，眼角依然有微笑，便是岁月给我的最美的妆容。

总是相信岁月是有记忆的，会记录下这一路的情深意长，如那年花开的偶遇，你明亮的眼眸，装点了我纯真的记忆。总是觉得年华会有轮回，长路迢迢，终将还会遇见，抵达。如若下一个路口还能重逢，你我是否还能微笑着记起？

有些记忆，无须隐藏，就在那里不增不减。有没有那么一刻，忽然被一首歌曲或一段文字轻轻触碰到灵魂，让你的心瞬间柔软起来？有没有那么一刻，你站在街头的拐角处，看到接踵擦肩的人群，内心感到无比孤独？或许，每个人心中都有一段故事，每一个离别，都隔着一个曾经，灯火阑珊处，念与不念，都曾是深情。

写一阕清词断章，于莲开的季节，亦是浮生不老，初心不忘。曾经用青春年华书写的梦呀，宛如窗前的那抹白月光，流连着无悔的眷恋，只轻轻回望，便能瞥见美好。

总是喜欢在阳光下眺望远方，贪恋着那抹亮色，仿佛如此双手便握住了岁月，握住了曾经远去的年华。那些美好的景致，如窗前的白月光，无论时光如何变迁，会一直在心上，就像多年前我

　　曾经用青春年华书写的梦呀，宛如窗前的那抹白月光，流连着无悔的眷恋，只轻轻回望，便能瞥见美好。

们曾喜欢的诗句，在开满栀子花的山头，与某个有缘人，可以清澈地相遇。叠字成诗、采念成词的年华，如一本翻看断了线的旧书，落了一地的青涩，却依然为书中的故事而动容。

那些路过的风景，终是生命中永远的铭记，若人生只如初见，懂得珍缘惜缘，会不会就少了一些错过的惆怅？少不更事时，还以为未来路上都开满了花朵，直到有一天，缘深缘浅，都变成了一抹从容自若的悲悯，只剩下那句，最美的不是下雨天，而是一起躲过雨的屋檐。

我渴望岁月是一首诗，诗的韵脚，是屋檐下那些雨滴穿成，在每一个静谧的黄昏，滋养着生命的长青藤。并不是每个人，都与你有缘，我们只须记住，那些路过的温暖。

若岁月是首歌，也是浅吟低唱，余音绕梁，每一个音符，都是没有翻版的绝唱；若岁月是首诗，千回百转，平仄留韵，每一个字符，都是来自灵魂深处的对白；若岁月是幅画，浓淡相宜，注重留白，每一笔描绘，都是对生命深深的热爱。

光阴漫长，记录着这一路的山高水长，曾经，我们都固执地为自己的生命画上一个轮廓，然后，不顾一切地在上面行走，不

　　少不更事时，还以为未来路上都开满了花朵，直到有一天，缘深缘浅，都变成了一抹从容自若的悲悯，只剩下那句，最美的不是下雨天，而是一起躲过雨的屋檐。

　　若岁月是幅画，浓淡相宜，注重留白，每一
笔描绘，都是对生命深深的热爱。

管经过风遇到雨都不曾有过叹息，忽然有一天发现，曾经痴痴的守望，却成就了内心最深的寂寥。其实岁月，从不曾亏待过我们，只是有的时候，是我们自己画地为牢，用内心禁锢住前行的脚步。

人生，任何时候都不要让心迷茫，如果你不想负累，就要学会将所有的繁杂看得简单些；如果你不想纠结，就将所有的喧嚣看得澄明清透。将淡泊写在脸上，将清欢安放在眉间心上，如此，简静的岁月，定会水流花香，诗意葱茏。

木心说，岁月不饶人，我也未曾饶过岁月。年少的时候，我们尽情享受时光，那份清纯与美好，如青花瓷上的花枝，隽永深刻；中年虽喜静，爱着布衣棉衫，有些事情也不再那么执着了，但对生活的热爱却从未曾删减；若有一天老去，也是青山未改，唯鬓发苍。

岁月是一场无休止的旅行，人生也有看不完的风景，这一路上，挫折会来，也会过去；或许有泪，但也会收起。无论经过多少风雨，岩石上的苔藓依旧深绿沉静，路边细碎的花朵，仍在清风中摇曳，不为谁开，不为谁落。岁月的洗礼，终会沉淀真正的美，而我们就在等待和期盼的路上，一直没有停歇。

用一双清澈的眼睛来看这个世界，用一颗干净的心来感怀风月，你就会发现小扣柴扉也有诗意；被苍凉抚尽，也会有阳光的给予；如果心与心能够靠近，一盏灯，也是温暖。那些岁月风烟漫过的地方，一直有幸福在生长。

如果人生是一本书，我希望是情节丰富，字句饱满，如画的风景，有花开一季的美丽，也有山涧溪水的清澈纯真，还有秋日叶落的静美，虽写意丰盈，却简简单单，看山是山，看水是水。

字里行间亦要有诗情，平仄韵味中不求多么华美，但一定要懂得留白。笔触间，有风花雪月的缠绵，也有洒脱随性的飘逸；有银碗盛雪，也有繁花不惊。这样，等我老去的时候，坐在黄昏的灯光里，临风细品，浅浅回读，亦是不枉这一生，我认真地活过。

常想若有一天，厌倦了鲜衣怒马的生活，便与那个懂得的人，找一个鸟语花香的小镇，只一粥一饭，素心对素人。那时，我仍是那个闲来喜字的女子，你还是那个愿意陪我看花的人，藏一份妥帖安稳在心间，在素年锦时的光阴里，细品岁月静好。

那温婉的时光与心境，正如小禅所描述，文字有暮色，心还少年，多好。而心里，一直开着八九十枝花。

找一个鸟语花香的小镇，只一粥一饭，素心对素人。

等一场飘雪，念一人安暖

白色的精灵是我的期盼，你来，我在；你走，我还在。

　　不知不觉，冬已走进了眼眸，在眼角眉梢处肆意地疯狂，像是某日突如其来的狂雪，来得肆无忌惮。清晨出门，那些前不久还挂在树枝上枯黄的叶子，经过一夜冬风的狂扫，如数落在地上。是一个矛盾的人，喜欢冬日里飘飘洒洒如精灵般飘落的雪花，却不喜欢冬日的干燥刺骨。我是一个北方人，感受着四季分明的变迁，一路从春到冬，从冬到春。从春日的万物复苏到冬日的银装素裹，眼角的风景一直在变，从不会觉得视觉疲劳，或是缺乏季

　　喜欢在落雪的日子里，一个人静静地坐在窗子前，看着那些白色的蝶，渐渐地将整个村庄整个院子包裹起来，一片一片，重复地叠加着，直到最后看不见地面的颜色。

退去尘世的纷扰，伴着素白的雪，让那些白
色精灵洗涤尘世蒙尘的心灵。

节的色彩。绿叶纷繁时的勃勃生机，繁花似锦时的心情舒畅，细雨绵绵时的多愁善感，洁白无瑕时的空灵纯净。生在北方的人，估计没有哪一个不喜欢那洁白而又养眼的雪。

冬日又是一个残忍的季节，他总是无情地剥夺一切的绿意，仿佛是怕人欣赏那些美丽而忘了他的存在，所以便将人们喜欢的东西拿去。而他又怕人们抱怨他的残忍，才会在这个万物歇息没有生机的季节里，洒落下人们最喜欢的雪。

总而言之，我是爱他的。对一场冬季初雪的期待，像是期待一个心仪的人，尽早地出现在自己眼前。还记得郑源歌里唱的，冬日恋爱最适合。想想也是，和喜欢的人在大雪纷飞的日子里牵手赏雪，然后慢慢白头。曾经喜欢在落雪的日子里，一个人静静地坐在窗子前，看着那些白色的蝶，渐渐地将整个村庄整个院子包裹起来，一片一片，重复地叠加着，直到最后看不见地面的颜色。

记忆里，落雪的夜晚总是很寂静的，静得可以听到大雪簌簌而落的声音。而我，总是在那样的夜晚思绪飘飞，仿佛思绪早已随着落雪飞出窗外，与那些白色的精灵一起翩翩起舞。随之，那些浪漫的故事，就这样在脑海里闪现。这样的夜，更是期待天早点亮，拉开窗帘的刹那，整个世界一片雪白，那些笨重的大树也在一夜间换了新装，真是应了岑参的那句诗："忽如一夜春风来，千树万树梨花开。"此刻就连心情也变得格外舒畅。

我多希望，每个落雪的日子，都是我与你一起走过，一起牵手，一起白头。退去尘世的纷扰，伴着素白的雪，让那些白色精灵洗涤尘世蒙尘的心灵。落雪悠悠，诗意浓浓，是否也可以和那些大文豪一样，用一支和雪一般素白的笔，描摹整个银白色的世界？

在静谧的角落，独守着一方城池，等待雪的飘落，等待你的到来。你若不来，我不敢离去；你若不在，我又怎敢独自偷欢。容一片雪，飘落在掌心，让它在掌心的温度里慢慢化成一滴晶莹的水。而我，像是守着一份记忆，一段往事的花朵，任冬日寒风刺骨，也不愿离去。

那些落雪，落在心里，落成经久不变的永恒；落在笔端，落成一句句、一段段动人的文章；落在眼眸，落成爱人般怜惜的疼爱。雪花飘落的日子里，穿上自己喜欢的棉衣、喜欢的靴子，临身于树林中，看雪压枝丫的俏皮，雪落树下的纷飞。在一阕唐诗宋词

　　我多希望，每个落雪的日子，都是我与你一起走过，一起牵手，一起白头。

里追逐你飘零的脚步，踩着落雪咯吱咯吱的声响，将那些华丽的脚步踩成平平仄仄，读来朗朗上口。

雪落平原江山白，风景如画恍如仙。踩着唐诗宋词的韵脚，在寻寻觅觅里寻找一份纯真。当尘世的纷扰惊扰了沉睡的世界，当簌簌的声响惊了心头的平静，我期待的爱人又在何处呢？立于院落深处，看晶莹的雪花纷纷攘攘，伸手触摸，这是我期待的。

总觉得冬日很适合想念，适合把心底里的小秘密，书写于素白洁净的纸张上，等待第一场初雪降落时，翻来看看，那些曾经藏于心底甜蜜的小心思。

某些遇见，某些想念，在转身之间，曾经甜蜜苦涩的过往，也如纷纷而落的雪花，飘散于心底，氤氲成一朵洁白的花。叹息之间，生命的轮回，从一个冬季飘零到了又一个冬季。

这个浅冬，有淡淡的欢喜。一个人独处光阴深处，满满都是思念，思念一个深深的拥抱，一个浅浅的吻，像是我吻着掌心里洁白的雪花。我无法像拾捡落叶一样，将一片心爱的雪花做成喜欢的书签，藏于喜欢的书里。

　　某些遇见，某些想念，在转身之间，曾经甜
蜜苦涩的过往，也如纷纷而落的雪花，飘散于心
底，氤氲成一朵洁白的花。

轻捻一支笔，蘸着雪白的墨色在纸张上挥毫落墨；白色是静默的想念，白色是淡淡的喜欢。用一纸墨色描摹一整个冬天，听雪簌簌，银装素裹。

　　我在这个寂寥冰冷的季节里，等待着一场雪的飘落，念着一个人的温暖。蘸着浓浓的墨色，在我爱的纸张里，写上喜欢的话语。烦人的想念也变得不再孤单，有白色的精灵是我的期盼，你来，我在；你走，我还在。

　　在一座城池里，守着只属于我的白色，蘸着雪染梅花的白与红，将一整个冬季，用思念包裹，洁白，晶莹。

● 念庵

一念浅喜，一念深爱

在冷漠世情里，唯愿拥有一颗素真之心，汲取安静、欢喜。

日子如流水，倏然间滑过去了……

时光老了，老在清晨的鸟喧里，老在院落的蔷薇架下。恍惚间，烟尘散尽，时光流转，依然是洁净清美少年时。

越来越喜欢安静了，安静多好啊！我行我素，按部就班地过着想要的日子，与纷扰无关，与羁绊无关，像一池小荷，就那样素素地开，饮清露，汲月华，兀自芬芳着。在暗波浊流里，孑立娉婷，无语最堪怜。心如简，将一切删繁吧！

不爱聚众的女子，躲一处僻静角落，捧一本诗册默默地读，眉眼间便有了蚀骨的清凉。或临窗，写一帖墨香小楷，此刻，心是清宁的；抬眼望，窗外一朵悠悠的云，闲适自由，自眼帘淡淡飘过。

心如简，却依然不失年青，有着澎湃的激情——

譬如去做热爱的事，譬如去一个遥远的地方，观赏到神往已久的风景。

甚至早春的一朵凌寒花开，初夏的一阵清凉落雨，都会在心中泛起涟漪。浪漫似蝶，羽衣翩跹，或许，你的岁月还未曾真正老。

岁华增长，蓦然发现，当下的欲求越来越少。

不再去违心讨好，不再有刻意恭维，不求人，不必屈就妥协，无须逢迎谄媚。岁月老了，心却逐渐丰厚，是该做回自己的时候了，为人处事喜欢按自己的方式，不再一味地顾及他人，禁锢真心，委曲求全。

时光渐远，依旧喜欢那些华美的文字吗？终于知道，那是美人腮颊上的胭脂，掩藏了岁月的表象，少了血肉骨骼的真实。曾在

学会将琐碎的日子过出新意，简静岁月里，
安排好自己的一颗心，一念浅喜，一念深爱。

撰写文字初始，那样祈望过华美，而今，却倾心于那些有真思想、真滋味的文字。

愈是情感深厚的人，愈不会过分展露表白，淡淡处之，默然感知，有时，言语已是多余。人的心灵是有香息的，你嗅到过吗？

这世间，最远与最近的距离，是心灵与心灵的距离，你若懂得，一个眼神，已然交汇万千暖。

惯看职场倾轧，惯看众生百态，不愿随波逐流，像崖边一株萋萋芳草，遗世孤立着。也罢！做一株植物也是清喜的，独自打点着自己的岁月，独自斟酌着清欢，简单，自然，远离那些荒谬扭曲；喧嚣浊流中，始终持有一颗水晶心。

将盛开与凋零，都看作是人生的一场缘来缘往，都读作为午后的一窗云淡风轻。

安谧，简静，是一件多么美的事情。

爱热闹，也爱孤单，人，有时是矛盾的，但要知道，没有烟火味道的人生，便不是饱满的人生。

不知为何，渐渐喜欢上田园的宁谧安逸，恋上日子里淡淡的烟火味道。要做，就做一位纯棉女子，妥帖，安暖，白开水一般，润泽滋养着你的生命。心如简素，人淡如菊，须是耐得住寂寞的。

一个人的黄昏，喜欢去郊野里漫走，远离灯火阑珊处，与路边的草木说话。

草木单纯，没有人心的芜杂，你看，那些新绿叶片载着满满的自信，吸纳阳光的暖，汲取月色的美，最爱的，还是它那颗纯净不染心。

每当心气浮躁，我便将目光投向它们，一种清凉澄澈，看似不经意，却刹那间温润了眼眸；那种舒心的安然，沉静、蜿蜒，不可言说。

一个人的下雨天，喜欢撑一把小伞，去菜圃采一把青青豆角，割一缕鲜嫩绿韭，回家，洗手做羹汤，烹煮一锅生活真味。琐碎的日子里，融进了菜肴香、稻米香；几样素色小菜，一家人吃得可口、可心。

心如简，在冷漠世情里，唯愿拥有一颗素真之心。也愿结交周遭知友，小聚，预约烂漫，但，赏心只需两三枝。适时地给予彼此自由空间，你会呼吸到山野吹来的清风，带着一丝野菊花的

心如简，却依然不失年青，有着澎湃的激
情——譬如去做热爱的事，譬如去一个遥远的地
方，观赏到神往已久的风景。

芬芳。

梁实秋说：寂寞，是一种清福。岁月已晚，人心安恬，你会静享这小小清福吗？

如若背起一部相机，去追逐黄昏里的夕阳，或在静夜，默坐在仍有阳光余温的干净石阶上，听虫声四起，看凉月满天。不懂我的人，以为我在刻意找寻浪漫；懂我的人，知我从中汲取了多少安静与欢喜？

有时，欣愉是不需言语的，就像佛家的禅，不可说。

人生，所拥有的三万多个日子呀，在光阴流逝中逐渐消磨，似乎已是花到荼蘼，再也找不回了，想起，心底便会泛起隐隐的疼。但心，却因岁月的积淀日益丰厚，得失之间，一切都未增未减。

做如简的女子，卸下一身珠翠，安静地活在自己的心灵世界里。亲山水，近自然，钟情笔墨，将自己打理成一处淡淡的风景。或许，她不会使人刹那惊艳，却似窗前一株小小盆栽，青茂、古朴、静雅、耐闻、耐看、耐斟酌。

日子流水一般滑过，终于学会安静了，学会将自己慢下来，留意一些往日忽略的美。你会发现，其实岁月是宽宥的，待你不薄。

学会将琐碎的日子过出新意，简静岁月里，安排好自己的一颗心，一念浅喜，一念深爱。

　　亲山水，近自然，钟情笔墨，将自己打理成
一处淡淡的风景。

清风为翼，
星月相随

枕上诗书闲处好，
门前风景雨来佳。
抬头时，便看云；
低头时，便看路。

● 朱国勇

抬头时，便看云；低头时，便看路

一个人，只要内心有所坚守，
抬头或低头不过是无足重轻的外在形式。

　　这是一座宁静美丽的江南小城。小城西北角，有一所大学。
繁花修树，小径回廊，校园美丽而安宁。一条清粼粼的小河，从
校园中穿过，把校园一分为二。每个早晨，总有一位鹤发童颜的
老人，沿着小河慢跑，从东向西，再从小河的另一边跑回来。无
论寒暑，很是规律。

如果，抬头是在看云娱情；如果，低头是在
看路防跌，又何所谓抬头低头呢？

这位老人姓赵，是中文系的教授，平和朴实，总是温和地微笑。

可是，有不少学生对这位教授的印象并不好。因为，这位教授历史上有污点。据说，"文革"时，有一次，一个造反派把一大碗剩菜扣在他脑门上。他呢，只是呵呵笑着，也不理自己满脸的污秽，而是先把造反派身上溅落的一片菜叶抹掉了。造反派不由得没了脾气，嘴里咕哝几句，转身离去。

经过学生们一届一届的口耳相传，教授没有骨气的坏名声就在校园中传开了。

一次上课时，一位男生迟到了，教授淡淡地批评了他几句。这位男生怀恨在心，回到座位上不久，就举手说有问题请教。"我认为，人活着就要抬头挺胸，而低头垂尾是可耻的！教授您以为如何？"男生一边说，一边用挑衅的目光盯着教授。话没说完，教室里已是一片窃笑。

等大家笑停了，教授才平静地说："如果，抬头是在看云娱情；如果，低头是在看路防跌，又何所谓抬头低头呢？"

抬头时，便看云；低头时，便看路。

淡泊宁静，自然从容。这才是人生的大智慧。

学生们听了，默然无语。教授清了清嗓子继续说："大家一定听说过我的故事。可是，你们知道吗？当年我们这所学院里，和我一同被打为反革命的，有七名教授。一年后，死了六个。只有我，活到了现在。"

　　教室里，一阵短暂的沉默之后，爆发出雷鸣般的掌声。那个男生涨红着脸站了起来："教授，我错了。"教授轻轻摆了摆手，示意他坐下。

　　阳光温暖而洁净，透过窗户斜斜地射进来。教授又开始讲课了。他的声音平和而有力量，仿佛一条大河在大地上缓慢却沉稳地流淌。讲桌下，是学生们一张张专注而感动的面庞。

　　是的，一个人，只要内心有所坚守，抬头或低头不过是无足重轻的外在形式。

　　抬头时，便看云；低头时，便看路。淡泊宁静，自然从容。这才是人生的大智慧。

● 杨箬

枕边有书，梦才踏实

行走在文字中，一颗心，变得轻盈，
可飞，天之涯，月之上，浩瀚无际的星空里。
美妙而空灵的境界之中，清风为翼，星月相随。

枕边有书，睡前必翻上几页，不如此，梦就不踏实，倘有新书在等着，那个夜晚，就多了个盼头。

曾经在上初三时疯狂地迷上金庸的书，带回家后藏在枕下。夜已深，父母都睡下时，一床被子顶在头上，贼似的猫着，瞪一双火辣辣的眼睛，藏一颗"怦怦"直跳的心，循着一束手电光的移动，潜入刀来剑往、险象环生的江湖风云里。长大后为此笑过母

　　捧一本闲书，悠闲地读，自然无须正襟危
坐，靠着床头也成，斜躺着也无不可，是何等的
安逸自在啊！

亲，为自己时常提着个胆子，偷看侠客过招却从未被抓捕而得意扬扬。

走向社会之后，当然不再做那偷偷摸摸看书的"贼"，想看便看，气定神闲地看，多好。

当白昼的纷扰让位于夜的宁静时，床边一盏浅紫色的台灯"啪"的一声，打开了通往古今的门，跨进那扇门，便可与智者先贤促膝谈心。

这个时候，是最闲的时候；这个时候的人，是最闲的人。捧一本闲书，悠闲地读。自然无须正襟危坐，靠着床头也成，斜躺着也无不可，是何等的安逸自在啊！

一河涪江水流淌于窗外，白天听不见的湿漉漉的蛙鼓，又长一声短一声地敲了起来，听着惬意，不嫌吵。偶尔有几声鸟的啁啾，是哪只鸟儿呷着嘴说梦话了吧？若是有月的夜晚，会和月光一起，轻轻地穿过窗纱，跌落在字里行间。

那些闲书，非商海，非股票，无涉实用，无涉功利，和心灵相通。有唐宋的诗词、明清的小说，骚客文人或豪放或婉约或深邃或飘逸的方块字，如清茶如美酒，会让捧卷的人，醉在夜色中。有鲁迅深刻的乡土人文，有汪曾祺清新的花鸟鱼虫，也有并非出自大家之手却自蕴一份意境的作品，书香满室，心若蝶，流连在百花园里。

心闲不下来，便读不进这样的闲书，那美妙的滋味，也就无从体会。

心闲下来了，遂被那盏雅致的台灯引领着，漫步于亨利·梭罗的《瓦尔登湖》，该书译者徐迟先生说，到了夜深人静，万籁无声之时，此书毫不晦涩，清澈见底；吟诵之下，不禁为之神往。生活的方式很多，梭罗选择了简单，他在瓦尔登湖岸，凭着简单的物质资料哺育出丰富的精神生活。我是连续用几个晚上读完的，但我知道，那面清澈见底、闪烁着智慧之光的湖水，需要我用一生的时间去阅读。

夜晚是阅读的好时光，一边在文字中行走，一边抛下白日里挤进心灵的琐碎杂务。生活磨砺出的角质层得到修复，一颗心，变

病中得了闲，虽卧枕不起，却可随时枕上翻
书、家中观景，由此发现因病闲居的好处。

　　夜晚是阅读的好时光，一边在文字中行走，
一边抛下白日里挤进心灵的琐碎杂务。

得轻盈，可飞，天之涯，月之上，浩瀚无际的星空里。美妙而空灵的境界之中，清风为翼，星月相随，这次第，怎一个"妙"字了得？

李清照在《摊破浣溪沙》中吟道：枕上诗书闲处好，门前风景雨来佳。易安居士晚年的一首词，作于病后休养中，因个人及国家的遭际，她后期的作品大多沉郁、悲戚，独此首作得平淡闲适。病中得了闲，虽卧枕不起，却可随时枕上翻书、家中观景，由此发现因病闲居的好处。

对于闲适的向往，人们从未停止过，唐代诗人李涉有诗云：偷得浮生半日闲。一个"偷"字，足见"闲"之难得。古人在慢节奏的时代，尚且发出如许感叹，何况今天？生病固然由不得自己，词人却有了别样的体验，"枕上诗书闲处好"，一声感慨，跨越千年。

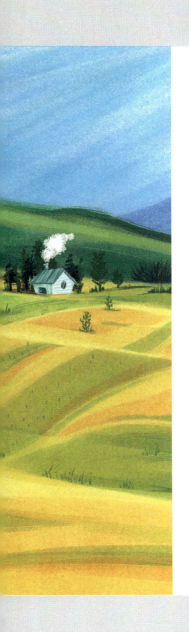

远方还是
要一个人走

Chapter

6

很多人离开了另一个人，
就没有了自己。
而你，却一个人度过了所有。

哪一刻，你觉得那个男人真的很爱你

如果我们能拥有一双慧眼，透视过这座大山，
直面他的伤疤，那么，我们将看到多少感动。

1

飞机停稳在双流机场的那一刻，我十分难受。我一把挤开人群，以最快的速度奔到一个最近的卫生间，然后哇哇地吐了出来。那时，我内心几乎是崩溃的，原以为会很美好的首飞竟然以晕机结束。

用冷水稍稍洗了一下脸，便带着依旧有些晕沉的脑袋走出了机

凌晨两点忍住没睡，纯粹只为关心你平安的
人，除了爸妈还能有谁了？

场。机场附近通明透亮，要往远处看，才能看到小如蜡烛微光的灯闪烁在这灰蒙蒙的夜里。

坐在出租车上，给司机报了个酒店名后，便斜躺在后座，然后从口袋里摸出手机，寻思着要给家里人报个平安，可一看时间，已凌晨两点，遂作罢。

明天一早再打吧，就这样想着想着，头靠着右侧车门小憩了起来。

电话响起来的那一刻，我正随着出租车游荡在成都的繁华地带，此时，车窗外所有的广场街道就像一个过气的明星，只是残余着些红火罢了。

我寻思着谁这么晚还打电话给我，毕竟以前无此经历。我拿出手机，屏幕刺眼的光晃了一下我的眼，可随即我便看清楚了来电人——我妈。

"到成都了没？你不晕机吧？现在在哪里？那边冷不？冷的话要多穿点衣啦。"我妈一连抛出好几个问题。

我缓过神来，打起精神答道："你还没睡啊？我到了，还好，不晕机，也不冷，现在在出租车上，去酒店的路上。"

"哦，那就好，那就好。"

"这么晚了，在街上走要注意安全啦。"电话那头突然传来我爸的声音。

"爸，你怎么也还没睡？明天不工作吗？"我有些惊讶。

"没事呢，你安全到了就好，到了酒店发个信息过来啊。"

老爸讲电话有个特点，挂得特别干脆，只要他觉得要说的都说了，那么不必等那句拜拜，因为他已经按下了结束键。

挂断电话的那一刹那，我觉得四周宁静至极，一颗在异乡漂泊的心瞬间有了山环水绕的慰藉，感觉任何风雨和伤害都不会抵达。

"家里人打过来的吧？"

司机大哥突然说话，吓了我一跳，因为从上车到现在他沉默得像一尊石佛，我也安静得像一个哑巴。

"您莫非能听懂长沙话？"

"四十多年没出过成都，哪听得懂你们长沙话啊？"司机大哥笑了笑。

"那你怎么知道是我家里人打过来的？"

"这个点还能打电话给你问你到了没的人，除了你爸妈还

　　挂断电话的那一刹那，我觉得四周宁静至极，一颗在异乡漂泊的心瞬间有了山环水绕的慰藉，感觉任何风雨和伤害都不会抵达。

能有谁啊？"

我哑然一笑。

是啊，凌晨两点忍住没睡，纯粹只为关心你平安的人，除了爸妈还能有谁了？

我从后视镜看了一眼司机大哥的脸，眉头微皱，看上去有些疲惫。

"师傅，你们夜里开车挺累的吧？"我突然想跟他聊天。

"是累，不过没办法啊，孩子要读书，一家人要吃饭。"

"你小孩多大啊？"

"十三岁，刚上初一。"

"哦，挺小的，应该很听话吧？"

"要是听话就好了，三天两头跟我红脸，我看在他眼里，电脑比我重要。哎，不说了，不说了。"司机大哥用左手抹了一下脸，眼神中瞬间生出几分惆怅来，他那灰蒙蒙的脸就像窗外灰蒙蒙的天。

"别担心，这个年纪的男孩子都有些叛逆的，过了这段时间就好了。"

我试着安慰他，但他不再继续说话，或许是没听见，或许是无言以对。

2

我突然想起自己的十三岁，是个什么样子了？

我突然发现我对十三岁的记忆并不深刻，但是，那一年一个秋日的周末，却让我记忆犹新，那是我第一次去到了市里。

十三岁前，我几乎没有出过我们那个小镇，所以当父亲跟我说，带我去城里待两天时，我甭提有多高兴了。

其实，父亲根本没有时间带我到处去逛，整个白天，我都窝在一个空荡荡的房子里。父亲在杂乱的客厅里劈着木方，刨着木板，正在为一个城里的远房亲戚装修新房。

父亲工作的时候，我无所事事，趴在还没有装玻璃的窗前，怯生生地盯着那些在我眼里十分气派的高楼大厦。不知何时，父亲走进来，递给我一本名叫《猜谜》的书，书页皱巴巴的，封面掉了一半，暗黄色的纸张像是被悠久的岁月洗礼过。

"刚在客厅里看见的，你无聊的话可以看看。"说完，父亲便转身离开。接着便又是各种工具与木头碰撞的声音，像一篇杂乱的交响乐章。

午饭是在一家很小的店面吃的，其实，说是店面都觉得有点抬举他们。

那是一个不到十平米的小房子，石灰刷成的墙壁已经被熏得焦黑。房间里只有一张油腻腻的桌子，已围满了人。而更多的民工选择靠着墙蹲着，又或者捡两块砖头当凳子。

铝制的大盆里，只有两个菜，一个白菜，一个豆角炒肉。坦白说，我一点也不讨厌白菜和豆角，只是我不知道世上还有人能把这两个菜做得那么难吃。后来，我几乎不吃菜，只是将白饭弄进嘴里，咀嚼几下便吞到肚子里去。

我一边这样机械地吃着，一边漫无目的地左看右看。突然，父亲将饭盆置于地上，站起身来，对我说道："你别乱跑，在这里等我一下。"然后便朝一个小巷子里面走去。我看着父亲远去的背影，有些纳闷，吃饭吃到一半，还能有什么突发事情吗？

回来时，父亲的脸上有朴拙的笑容。待到他坐下后，冷不丁地从口袋里抽出一包小鱼仔，递给我："你喜欢吃这个吧。"然后兀自拾起地上的饭盆看似津津有味地吃了起来。

我着实很高兴，立刻撕开袋口，正准备将其往碗里倒时，突然像是想起了什么，然后便将小鱼仔递到父亲的手边："爸，你要不要？"

"我不喜欢，你自己吃吧。"父亲接过熟食袋，然后将里面的鱼仔全都挤到了我的碗里。刹那间，我觉得所有的山珍海味合起来也不过就是这个味道。

一阵气泵的声音响起，标志着父亲下午工作的开始。

我走过去，问是不是可以帮什么忙？

父亲说："没什么要帮忙的，对了，你去厨房那边看书吧。"

虽然我不理解，为何要去厨房看书，但是我还是去了。

一阵阵砰砰砰的声音响起，不多久，就有一些扬尘飘了过来，我好奇地走了出去，听声音，我知道应该是父亲正在用电锤往墙上钻孔，只不过我和他相隔不到六七米，我竟然只能看得到一个轮廓。

　　如果有人问我:"有哪一刻,你会觉得你父亲
也很爱你?"

　　我一定会说:"只要在他身边,他所做的每一
件事都让我觉得他很爱我。"

灰尘简直是遮天蔽日，不到五秒钟，我就剧烈地咳嗽起来。

我急忙跑进厨房，靠着厨房里的小窗，使劲地呼吸，这时，我总算明白父亲的用意。后来我才知道，当时父亲连口罩都没有带。也别问他为什么不带口罩，你只消随意找一处去看看农民工的工作情况便知道了。

晚上父亲洗完澡，带我去附近的一个商场逛了逛，什么也没买，一来，我不需要，二来，我买不起，逛得累了就回来睡觉。

房间里并没有床，但睡觉这事一点也没难住父亲。他将一张比门板还大的三合板往地上一放，然后从一个蛇皮袋中抽出一床被子，铺盖在三合板上，一张简易的床便算是做好了。正当我准备躺下时，父亲要我等等，然后将他那边的被子全都叠到我这边的被子上，接着对我说："睡吧。"

"你不要垫被子吗？"我看着直接躺在三合板上的父亲，懵懂地问道。

"我腰不蛮好，要睡硬板床。"

后来我才知道，硬板床从来就不是指直接睡在板子上，可我当时多傻啊，傻到要在后来回忆中才明白父亲对我有多好。

父亲是典型的慈父，说实话，我跟他的交流并不多，他常年在外面打工，一年三百六十五天，他恨不得要工作三百六十二天，只留下春节、端午、中秋这三天，回家团圆。有时候我一个人在那里想，我读了二十年的书，这要推动多少次刨子，扯动多少次锯子才能把这些钱给赚回来啊。

有时，想着想着，就会眼泪盈眶。

3

天底下，所有的父亲几乎都沉默得像山，小时候，你总以为是这座大山囚围了你的视线，你必须要翻越他，山那边的世界肯定更美好。你向往自由，把这座大山当成是你前进路上的阻碍，所以你一次一次顶撞他的威严，更甚者对他拳脚相加。

只是，少年，我想说，我们能生长在这温暖的山谷之中，是因为这座大山为我们挡住了多少风雨，多少伤害啊，只是所有的一切都发生在我们看不见的那一边而已。如果我们能拥有一双慧眼，透视过这座大山，直面他的伤疤，那么，我们将看到多少感动。

如果有人问我："有哪一刻，你会觉得你父亲也很爱你？"

　　我一定会说："只要在他身边，他所做的每一件事都让我觉得他很爱我。"

　　我想我是个感性的人，连在出租车上想想这些东西，都能让我想要流泪。

　　我深吸一口气，付过车钱，打开车门，下车，关门。

　　突然间，我像是想起了什么，迅速地跑到驾驶座旁的车窗边。

　　司机大哥缓缓摇下车窗，问："帅哥，是有东西落下了吗？"

　　我摇摇头："没有，我只是想说，您或许可以让您的孩子陪您出一天工呢。"

　　路边有两只流浪狗趴睡在围墙底下，小的那只将头埋在大的那只的怀里睡得安详，大的那只却一直在警惕地盯着路过的我，我在想，它是在害怕什么吗？

　　如果不是出于害怕，那就一定是出于爱了。

　　天底下，所有的父亲几乎都沉默得像山，小时候，你总以为是这座大山囚围了你的视线，你必须要翻越他，山那边的世界肯定更美好。

• summer

而你却一个人度过了所有

把自己的悲欢喜乐建立在外界的力量上，
本身就是一个伪命题。

我的房间在香港这座水泥森林里的 21 楼。小小的一个房间，
忙起来的时候把东西堆得到处都是。窗外的灯火变成了海市蜃楼，
夜晚听得见呼啸又张狂的风声。而那张单人床垫，就变成了一座
小小的孤岛，我待在孤岛上，什么也不想说。

大学是一个人的大学。

刚上大一的时候，微信里每天都陆续增添着好友。我忙着记他

岁月在这里气定神闲，而未来太远了，懒得去想。

　　我告诉自己孤独是一件很正常的事情，它是生命的常态，没有人能够陪你一直走下去，也没有人可以做到感同身受。

们的名字，他们的样子，还有他们的专业和家乡。香港那时候是盛夏，潮湿闷热的空气，不认识的路牌，还有面无表情步伐匆匆的人群。盛夏在我的记忆里是这样子的：有特别明亮的阳光和温柔的云，植物盛放的气息弥漫在空气里，我抱着用勺子挖了一半的西瓜，跟好朋友商量着去看一场喜欢的电影。岁月在这里气定神闲，而未来太远了，懒得去想。

但我拖着两个大大的箱子，跌跌撞撞地到了一个陌生的城市，周围是听不懂的语言。我发现融入这件事情很难，所以只好赶快找到跟我一样的 newcomer。生活里一下子涌入了好多新面孔，忙着约饭，忙着参加新的聚会，忙着寻找共同的话题。这个过程对于我来说是一件特别难并且不愿意做的事情。我的人际交往能力极差，从小到大的好朋友屈指可数，有脸盲症，跟不熟悉的人聊天常常冷场，那个时候的尴尬长得像一个世纪。

后来周围的人慢慢形成了三三两两的小群体，所以我放弃了。做人嘛，最要紧的是开心，干吗非要强迫自己去做不愿意做的事情。

我告诉自己孤独是一件很正常的事情，它是生命的常态，没有人能够陪你一直走下去，也没有人可以做到感同身受。

我开始学着一个人上课，一个人吃饭，一个人泡图书馆，一个人逛铜锣湾。很多事情刚开始的时候都觉得好难，深夜刚赶完的 essay 遇到电脑死机不知道该怎么办；地铁站里迷了路，来来回回绕了好几圈；宁愿好几个小时解一道数学题也不去问别人；下雨的时候忘记带伞，飞快地绕过前面慢悠悠牵手走路的 cp 跑回家。那个时候我会觉得，为什么在人生打怪升级这件事上，一上大学就提高了这么多难度呢？

　　最难熬的应该是 2015 年的春节。那个春节我没回家，在空旷的楼道里走路都能听见回声。我的手机里热闹得像另一个世界，我给自己煮了几个水饺，督促自己早早睡觉，让时间过得快一点。

　　在最开始的阶段，一个人的时候呢，会有一个特别明显的软肋。任何对你关切陪你聊天儿的人，都会占据一个很重要的位置。你开始对这件事情习以为常，并且慢慢显露出你的坏脾气，然后被突如其来的告别打个措手不及。

　　"凉风有信。季节的变化正如人生里的那些盛大的无常与交替。你顺应了，也就安静下来。"

　　后来我慢慢习惯了一个人，甚至有点儿享受这件事情。因为把

　　一个人的成长相比于一群人来说，是更快速而且记忆深刻的。我们比自己想象得要勇敢，世界比它自己表现得更可爱。

自己的悲欢喜乐建立在外界的力量上，本身就是一个伪命题啊。

我把一个人生活的领域渐渐拓宽，开始试着一个人旅行。大一的暑假我去台湾环岛，拖着四十斤的大箱子自 high 了十五天。在台东赶上了草间弥生亚洲展的末班车；在嘉义迷路时候，看到了二手书店皇冠出版的三毛；和在青旅碰到的姐姐一起去坐阿里山的小火车；在垦丁没人的公路上骑着机车撒欢；还有伯朗大道一望无际的麦田。我每天都一个人，大多时候抱着 google map 低头认路，或者走累了休息的时候跟坐在同一张长椅的人聊天儿。

有时候的确是会觉得，这么好看的景色要是有人跟我一起看就好了呀。但是当日子因为陌生人的善意变得柔软又明亮起来的时候，又会觉得，也许目前这就是我想要的生活呢。印象最深的是在清迈，晚上饿了出去找便利店。跟一个在路边弹吉他喝啤酒的旅店老板问路，然后老板就坐在路边，给我边弹边唱了一首邓丽君。那天晚上的星星又闪又亮，吉他真好听。

相比身边一群陌生又模糊的面孔，那些丰盈了记忆的一面之缘，才是最珍贵的东西。人是群居动物，也许在这个时代里，社交是一件必不可少的事情。但疲惫而庞杂的社交，会让人没有时间去好好认识一下自己。

一个人的成长相比于一群人来说，是更快速而且记忆深刻的。我们比自己想象得要勇敢，世界比它自己表现得更可爱。我也不能特别准确地定义成长的标志。但就现阶段来说，成长大概是，从挫败感中无需他人的安慰，愈合得越来越快；某个时刻心里有一场海啸，但是什么也没说；身体有任何生病的信号时立刻吃药；督促自己按时吃饭才有力气做需要完成的事情；不会因为身边的人走而有损生活的品质。

我租在 21 楼的那个小房间，还是像一座孤岛。晚上我在只能进一个人的小厨房里，用一只小小的锅煮刚好一碗的韩国拉面。橘黄色的灯光和窗外星星点点的灯光一样暖，我开了收音机，听广播里面的人说你好。

后来一个人经历得越多，就越信奉两句话。第一句是：Everything will be fine。第二句是：Tomorrow is an other day。远方还是要一个人走的。每一条未知的路都有未来，而未来是崭新的，并且闪着光。

　　每一条未知的路都有未来，而未来是崭新的，并且闪着光。

● 迁 南

且行且远

如果最终我们都要被淹没在生活里，
也愿我们保有的梦烟火不息，穷极一生。

　　有些日子是相似的重复，就像每个月都会生的火，和应火来去的大姨妈。有些日子是二次的演绎，或许相似中的一点不同会给我们新的生机。

　　不知不觉来这个城市也一年多了，一年前的这个时候，带着怀疑与莫名的恐惧来到这里，每日奔波在陌生的站牌与地点，心像四月刮起的沙尘，看不见一点方向。工作找得并不顺利，大部分

这几年因着旁观也一点点看清，家人间也会
有盘算计较。我不要他因为我去跟人开口，哪怕
几句话算不上人情。

时间的独处让人变得愈加灰心沉默。家人也跟着焦急，隔天就主动打来电话询问。父亲甚至私下央求了同在这里的一个叔叔，麻烦他有所帮顾。我知道他是怕我孤身陌地吃苦。但他告诉我这些，我非但未领情还同他大发了一通脾气，他同往常一样不作声纵着我任性，叹着气挂了电话。其实我只是想告诉他我能行，我可以靠我自己摔倒再站起来。这几年因着旁观也一点点看清，家人间也会有盘算计较。我不要他因为我去跟人开口，哪怕几句话算不上人情。

　　这些压力像是一张繁密的网，有时就看着电话嗡嗡地响了又停，给不到他们想要的回复。大概也是从那个时候起，因着低落与倦怠，在莫名的卑怯里彻底同外界切断了联系，变得薄意又寡情。愈渐觉得即使我们万水千山地预谋了一场相遇，终究要在余下的平寂里消弭不见。

　　有时走在街上，分明周遭布满拥挤的人群，却还是觉得某个地方空荡得要碎掉。但终归慢慢地从那些时日里走了过来。哪怕依然有很多酸涩得想要落泪的时刻，都被时光悉数风干，变成玫瑰。

　　也慢慢地忘了很多人事，仿佛时光带给我们这些的用意，只是再一点点地收回，遗忘。以前想到这些就会忍不住隐隐心酸，许过的承诺和来不及兑现的相逢，都在某个时刻戛然而止不了了之。而现在只会觉得恍然，彼时的心意昭然无法追溯，悉数遗存在时光里才会有处可寻。

　　就这样走在寂静里，沉默平淡地过了一年，似乎从未融入这个城市；一年后的现在，依然会觉得茫然。新年的时候列了计划清单给自己，三分之一年过去，有的已经完成了，也有的被搁置下来。很多事都转变得太快，来不及深究细想。但已经不再害怕，就像女神在信里讲，不要害怕，即使一个人单枪匹马。

　　如果最终我们都要被淹没在生活里，也愿我们保有的梦烟火不息，穷极一生。

　　哪怕依然有很多酸涩得想要落泪的时刻，都
被时光悉数风干，变成玫瑰。

● Susan Kuang

从此以后，按自己的方式去生活

> 人这一辈子，最可怕的不是死亡，而是当死亡来临时，
> 你突然发现自己从未以自己想要的方式活过。

前阵子，约好友 X 先生吃饭，问其最近的安排。他眉飞色舞地和我说道："9 月份，准备去北京看故宫《石渠宝笈》特展，然后去广州看广东省博物馆书画大展，从那直接前往香港去看汉武帝特展，顺便尝尝香港唯一的米其林三星中餐厅——龙景轩，中秋节当日再去维多利亚港湾赏个月。紧接着，就得去台湾看范宽特展和郎世宁来华 300 年特展，当然，到台北故宫博物院品尝一下东坡肉，再去塘村吃牛轧糖也是必不可少的活动。10 月中旬，打算再去趟日本，看奈良正仓院特展，九州国立博物馆 10 周年纪念特别展和东京国立博物馆中国书画特展。11 月，去南美旅行之前，还准备先去纽约看大都会博物馆百年中国书画展。"

虽说我早已习惯了 X 先生独特的生活方式，但这种"看展生活"还是让我小吃一惊，于是半开玩笑道："你这生活也太奢侈了吧！"说其奢侈，并不全是因为它的花费，相比那些奢华的生活方式，这些花费其实并不算很高，更多的是因为他能够不受钱和时间的限制，随心所欲过自己想要的生活，这似乎才是真正的"奢侈"。

X 先生是一个世界文化遗产的狂热爱好者。他自小熟读史书，书上能够读到的，他已经了解得差不多了，因此他目前最大的梦想就是能身临其境那些留存下来的世界遗产。为此，他把过去十年的大部分时间花在了行走的路上，游走于世界各地的文化遗产，哪里有好的展览，就专程飞过去看。到目前为止，他已经去过近五百处世界自然和文化遗产，也把中外顶级中国历史文物看了个遍。

和 X 先生相识已经有两年多时间了，因为彼此身上的一些共同点，我们慢慢地从最初的工作关系变成了朋友。于他的这种生

　　能够不受钱和时间的限制，随心所欲过自己想
要的生活，这似乎才是真正的"奢侈"。

活方式，我也从一开始的不理解，转变到现在的欣赏和支持。不过，我欣赏的并不是他能够到处行走，而是他敢于按自己的方式去生活。

　　能够想明白自己想要什么，并勇于去追求不是一件容易的事情。人都会有从众心理，这种心理使得我们想要与周围的人保持一致。在原始社会，从众会增加我们的生存几率，因此这种选择是明智的。不过，人类社会发展到现在，"从众"与"生存"似乎不再有直接关系，但是这种原始的力量依然存在并主宰着我们。

　　从有意识起，我们便开始"模仿"周围的人，在不知不觉中继承了父辈们的生活方式和价值观。这并不是坏事，反而使得生活相对简单，因为我们不需要过多地去思考和选择。若生活能够一直这样下去也无大碍，可问题在于，有一天，我们很有可能会突然发现，自己原来是有选择的，生活可以有多种可能性。于是，我们会陷入一种困境：是选择继续从众还是跟随自己的内心去探索。从众是稳定和安全的，但我们很可能会因为某一天的觉醒而生活在遗憾中；探索，毫无疑问，是种"冒险"，因为没有了"模仿"的对象，一切都得依赖自己，但这也许会让我们的人生少些遗憾。

有很长一段时间，我都处于这种困境中：我知道自己并不适合那种稳定的上班生活，但却没有足够勇气去摆脱它，也没有想明白到底想过什么样的生活。今年，外在因素终于促使我脱离了"正常"的轨道。这时，我才发现"过自己想要的生活"其实是个伪命题，因为你根本不知道自己喜欢什么样的生活，直至你过上了这种生活。我原以为自己是个事业型的女强人，渴望成为叱咤风云的职场精英。过了一段不上班的日子后，我发现自己其实并没有想象中那么有野心和志向，我似乎更喜欢这种不慌不忙，有足够可以自由支配的时间去享受生命和发展自我的生活。于是，我的生活目标变成了：用尽可能少的时间赚足够生活用的钱，然后把其他的时间用来好好生活，不断充实头脑，并精通几门技艺。

尽管过得充实和快乐，但这样的生活却时常让我陷入"身份危机"。每当有人问我是做什么的时候，我都不知道要如何回答和解释。在大家脑子里，大致有那么几种分类：求职者、上班族、创业者或者全职太太，而我似乎不属于其中任何一类。有的人甚至为我不上班也不创业而感到惋惜，觉得我在浪费自己的青春和才华。

我很理解他们的想法。过去，我一直以为像上班赚钱那样的

　　"过自己想要的生活"其实是个伪命题，因为你根本不
知道自己喜欢什么样的生活，直至你过上了这种生活。

日子是必须的，因此对于 X 先生的那种生活，我曾一度无法理解。辞职之后，我才慢慢发现，工作只不过是手段而已，不是最终目的。的确，它给我们提供收入来源，但如果已经有足够支撑自己生活的资金来源呢？当然有人会说，工作让我们个人价值得以实现，那么不断学习，做自己热爱的事情难道不是一种自我实现吗？倘若一个人不用担心经济问题，每天活得充实、有意义，也能够给身边的人创造价值，那可不可以不去过分追究他到底是做什么的呢？

我绝没有想要否定工作赚钱的重要性与合理性，朝九晚六的上班生活毕竟是现在的主流生活方式，但我们需要意识到，这不是唯一的，也不是不可改变的。我们应该允许不一样的生活方式存在，不去过分评判他人的生活选择。要知道，当我们把自己的价值观强加于他人身上时，我们也在限制自己，同时失去了本可以拥有的更多生活可能性。

然而，让我惊讶并感动的是，当我把自己关于未来生活的想法分享给一些朋友时，他们超乎想象地支持我。有人甚至特别诚恳地叮嘱我，一定坚持下去。对他们来说，我似乎代表了一种希望——"过不一样的生活也是种可能"的希望。的确，从某种角度来说，我在做一场试验，一场需要花上一辈子的试验。虽不知道结果会如何，但我甘愿冒险走下去。说到底，"路"不都是走出来的吗？

　　坦白说，对于这种不把工作赚钱作为重点的人生，我也曾纠结过。我心中始终有个结——万一哪天遇上个花费很高的病，我怕自己没有足够的资金去医治。某天，和好友聊天时，我无意间谈起了自己的顾虑，结果她一句话便彻底打开了我的心结："如果实在没钱治，那就别治了呗。"我恍然大悟，是呀，为什么要如此执着于"生"呢？所有生命都将在某个节点结束，不过是时间早晚的问题，而生命是如此无常，以至于我们根本无法预知明天和意外哪个先来，所以与其担心未来，牺牲现在去为那些可能的意外做准备，还不如好好用心把每一天过好。人这一辈子，最可怕的不是死亡，而是当死亡来临时，你突然发现自己从未以自己想要的方式活过。

　　与其担心未来，牺牲现在去为那些可能的意
外做准备，还不如好好用心把每一天过好。

作者简介

• 萌叔

自媒体作家，现居杭州。曾在网易公司任职产品经理，因向往自由，排斥一天 8 小时坐班制，索性辞职以文字为生。很喜欢目前的生活状态。微信公众号：萌叔在杭州（ID：mengshuhz）。

• 三月弯钩

简书作者。微信公众号：三月弯钩（ID：sanyuewangou）。

• 韦娜

著有《世界不曾亏欠每一个努力的人》。新浪微博：@韦晓艺同学。微信公众号 ID：weixiaoyi5211。

- 醉伊笑红尘

中国文艺家协会会员，多家媒体专栏作者。文字执念者，理想国王子。已出版《趁一切都还来得及》《青春都一样，柔弱又坚强》等图书。新浪微博：@醉伊笑红尘。微信公众号：醉伊笑红尘（ID：zuiyixiaohongchen）。

- 风茕子

原名李丽，居武汉。曾任深度调查记者，现闲散码字，擅长揭露一切，终生与世界格格不入。新浪微博：@风茕子。微信公众号：风茕子（ID：gushirenxing）。

- 正经婶儿

文史哲爱好者，豆瓣读书签约作者，乐于推动女性的自我觉醒。新书《女人不可以穷》六月上市。微信公众号：正经婶儿（ID：zjshener）。

- 马德

作家，已出版《允许自己虚度时光》《当我放过自己的时候》等十余部作品。新浪微博：@马德微博。微信公众号：马德（ID：made1668）。

- 苏小昨

处女座一矫情女，饿货一枚，喜欢讲故事。新书《我遇见过很多爱情，却没遇见你》即将上市！新浪微博：@苏小昨。微信公众号：苏小昨（ID：wangruike1987）。

• 小岩井

日语老师，翻译，私人小说写作者。代表作《我依然爱你，我只是不喜欢你了》。新浪微博：@黑白小岩井。

• 华殇

汉族。现旅居西班牙，在读护士助理。木港文学社社长，作品有《暗蝶》《乞讨者的荣光与梦想》等等。前创新作文网高中微刊、木港文学社非盈利电子杂志《茶》主编。

• 春暖花开

作家，教师，编辑，一个以温暖的心行走在文字中的女子。文章散见于报纸杂志，网络，深受读者欢迎，著有个人散文集《聆听，花开的声音》，合集《遇一人白首，择一城终老》等书籍，新书《祈愿，有更多的晴天给你》将于不久后出版发行。微信公众号：花开心灵驿站（ID：cnhk667788）。

• 素心笺月

原名郭慧慧，甘肃天水人，一个喜欢用文字抒发情感的小女人，喜欢畅游在文字世界，感受文字的魅力。作品见于散文网、散文吧、中国文字缘文学网、九九文章网、红尘有你文学网、散文在线等文学网站，是几大网站优秀推荐作者。出版合集《纵使人生荒凉，也要内心繁华》。微信公众号：素心笺月心灵美文（ID：SXJYxinlingmeiwen）。

• 朱国勇

安徽庐江人，从教十五年，现供职肥西县某机关。辗转红尘，把玩文字。2008 年 -2014 年间发表各类文字一千余篇数百万字。公开出版个人文集一部，主编图书八本。《读者》第二批签约作者、《意林》首批签约作者。作品《高贵的生命不卑微》被选为 2011 年江苏连云港市中考语文阅读试题。

•Summer

香港大学本科经济金融专业在读。想把十几岁时候关于写作的梦想继续下去，想把那些脑子里一闪而过的念头记录下来，想在一个人旅行的路上收集各种各样的故事，并努力活成一个有趣的人。新浪微博：@itsummmeer。

• 迁南

片刻网签约作者，寻常日子里的普通人，喜好多安静，摄影手工煮东西，半旧的故事和夜晚的酒。愿文字是记录，意随心生。新浪微博：@呼吸沉入海。

• 杨苕

业余写作者，已出版《温暖袭人》《慢慢说着过去》等。一个得闲时可以听听音乐、写写字的人，对生活，心存感恩。

• 冯小风

双子座非典型文艺工科男，简书原创作者。新浪微博：@L_冯小风。微信公众号：@晴天风语。

•Susan Kuang

自由撰稿人，第2身份和壹陆学园创始人。2014年开始写作，独立运营微信公众号Susan Kuang，创作了百余篇文章，好几篇文章成为热门文章，被媒体和平台大量转载。代表作品：杂志书《如果生活是一幅画，你会如何创作》《我的十个基本生活信念》。

内文插画作者：

邦乔彦　卜若梨　崔瑾玥　大南　丁一一　李诗晴　林田

李羊羊　木南　某某　木山萤　木言　宁秋天　桃年　小井井

闫听听　也圆　莹莹安安　一世核桃儿　雨湿空城　Chipo_chen

LyleanLee　Paco_Yao　Quin　RealXu　Scarrie　Senny

SUN.E　viv1姑娘　yangmwahaha　XuAn

图书在版编目（CIP）数据

一念浅喜，一念深爱 / 星期六散文主编 .
-- 北京 : 北京联合出版公司 , 2016.5
ISBN 978-7-5502-7585-0

Ⅰ . ① 一… Ⅱ . ① 星… Ⅲ . ① 散文集—中国—当代
Ⅳ . ① I267

中国版本图书馆 CIP 数据核字 (2016) 第 078173 号

一念浅喜，一念深爱

项目策划 紫图图书 ZITO®
监　　制 黄利　万夏
丛书主编 郎世溟

主　　编 星期六散文
特约策划 廖飞雁　张莉
责任编辑 刘恒　徐秀琴
特约编辑 李媛媛　申蕾蕾
装帧设计 紫图图书 ZITO®

北京联合出版公司出版
（北京市西城区德外大街 83 号楼 9 层　100088）
北京艺堂印刷有限公司印刷　新华书店经销
80 千字　880 毫米 × 1280 毫米　1/32　6.75 印张
2016 年 5 月第 1 版　2016 年 8 月第 4 次印刷
ISBN 978-7-5502-7585-0
定价：42.00 元